Schopenhauer

La première édition de cet ouvrage a paru en 1979
dans la même collection.
Nouvelle édition revue et augmentée comportant une bibliographie mise à jour.

En couverture : Schopenhauer, par J. Hamel, huile.
© Schopenhauer Archiv, Francfort-sur-le-Main.

ISBN 2-02-023492-0
(ISBN 1ʳᵉ édition : 2-02-005186-9)

© Éditions du Seuil, 1979 et février 1995

SCHOPENHAUER

Didier Raymond

Écrivains de toujours
SEUIL

INTRODUCTION

Schopenhauer est un penseur solitaire. Sa philosophie – une philosophie de la solitude – exigeait en fait cette attitude résolument marginale. Elle s'élabore par un contact personnel, intime, avec les œuvres du passé. Schopenhauer lit les philosophes dans le texte et dans leur langue, sans passer par la médiation d'un traducteur, d'un commentateur, d'un interprète. Il ne s'arrête pas à ce qui se dit, à ce qui se raconte, à ce qui se pense à leur propos. S'il connaît toute la littérature, toute la philosophie, il veut tout ignorer, en revanche, des gloses universitaires. Méfiant à l'extrême, il n'admet que son propre regard, son propre jugement. L'interprétation n'est-elle pas le lieu privilégié de la falsification ? D'où son indifférence à l'égard d'une communauté de vues possible entre sa propre sensibilité et celle de son siècle. Il ne cultive pas son originalité. Plus simplement, et autant que faire se peut, il s'en accommode. S'il est romantique, c'est à l'écart de toute idée de romantisme. À la fascination pour l'exotisme, les passions, le mysticisme, les révolutions, le populisme, l'histoire, où la littérature puise alors l'essentiel de ses thèmes, il substitue un romantisme de l'ennui, un pessimisme métaphysique qui subvertit en profondeur l'esprit du « mal du siècle ». L'ennui schopenhauerien ne qualifie plus une atmosphère, un sentiment, un état d'âme, bref une attitude empruntée ; il est surtout lucidité. Métaphysiquement fondé, il se déduit des principes de la philosophie. Au

■ *La Ballade de Lénore*, inspirée d'une ballade allemande de Burger, par Horace Vernet, 1839. (Nantes, musée des Beaux-Arts.) « La vie de l'homme n'est qu'une lutte pour l'existence avec la certitude d'être vaincu. » *Le Monde comme volonté et comme représentation.*

demeurant, Schopenhauer peut tout aussi bien apparaître comme un antiromantique. Tant il est vrai que sa pensée s'élabore dans une indifférence absolue à l'égard d'un accueil possible des esprits cultivés de son temps. « Eh bien, nous nous en sommes bien tiré », griffonnera-t-il sur un papier avant de mourir, seul, dans son appartement de Francfort. Et s'il peste, toute sa vie durant, contre l'ignorance où on le tient, c'est afin de mieux souligner, subrepticement, qu'il ne saurait en être autrement. Son isolement est bien total, et s'étend aussi bien aux thèmes littéraires qu'aux thèses philosophiques du romantisme triomphant.

Schopenhauer n'a pas cru utile, dans l'élaboration de sa philosophie, de répondre aux attentes, aux questions, aux passions un instant dominantes. Alors que les intellectuels frémissent encore des échos à peine assourdis de la Révolution française, alors que l'épopée napoléonienne fascine toute une jeunesse éprise de grandeur, alors que tous les esprits, même les plus éclairés, s'abandonnent à un moralisme qui substitue, à la profondeur de l'analyse, l'esthétisme et la générosité des sentiments, Schopenhauer se penche avec insistance et témérité sur des problèmes résolument non historiques. Il engage une réflexion sur l'insignifiance du monde, sur la nature de la condition humaine, sur le malheur, l'angoisse, le désespoir dont cette condition ne semble pas séparable. Ainsi, pendant que la philosophie « officielle » s'embourbe dans un optimisme qui espère tout de la science, de l'histoire, de l'État, pendant que la sociologie se constitue, que le courant socialiste s'oriente vers une pratique scientifique, que l'Occident s'ouvre à la révolution industrielle, Schopenhauer, loin de réfléchir à ces mutations, loin de tenter d'en décrire le destin, découvre déjà ce qu'on appellera un jour l'« angoisse existentielle » et l'existentialisme. Au lieu de prendre au sérieux les épiphénomènes où l'époque se complaît, sa philosophie s'attache à en déceler l'origine profonde, à situer les points d'émergence de ce qui n'est au fond qu'éternel ennui et divertissement. Schopen-

■ Arthur
Schopenhauer, par
Angilbert Wunibald
Göbel, 1857-1859.
(Kassel, Staatliche
Kunstsammlungen.)
« Mais il ressemble
à un chat sauvage ! »
(Wagner.)

hauer résiste aux facéties de son siècle. Il ne cède pas,
même à la fin, soudain en pleine gloire, à l'appel des
sirènes politiques et universitaires. Et si le siècle lui res-
titue son mépris, c'est, comme l'observe Nietzsche dans
la IIIᵉ *Intempestive* (« Schopenhauer éducateur »), par
impuissance à admettre un tel degré de probité intellectuelle. Schopenhauer inquiète trop pour qu'on puisse
lui faire vraiment écho. Son discours n'est alors pas
intégrable. Trop subversif, à sa manière, pour qu'on
puisse l'apprivoiser, à l'instar de ces « philosophes
apprivoisés » – entendez Fichte, Schelling, Hegel – dont
lui-même s'est tant moqué.

Comme en témoigne son *Journal de voyage,* Schopenhauer, dès sa jeunesse, se montre immédiatement allergique à l'optimisme hérité de l'esprit des Lumières. Lorsque sa pensée se forme, l'intérêt philosophique, encore tributaire d'un certain rousseauisme, se concentre exclusivement sur les problèmes historiques et sociaux. On ne se demande plus ce que *sont* le monde, la société, l'homme, mais seulement où ils *vont* : le philosophe se penche sur l'histoire pour déterminer l'orientation future d'une humanité qu'il *veut* en mutation. Devenu ce scrutateur de l'avenir, chaque philosophe propose sa loi de l'histoire et sa conception de la société de demain. En somme, et pour reprendre le langage de Montaigne, on substitue à de prudentes « diagnostications » d'aventureuses « pronostications ». Le philosophe, ainsi, se dérobe au présent. Il s'interroge sur un devenir auquel il s'empresse, par une opération préalable et dissimulée, d'attribuer un sens, afin de mieux déterminer par la suite de *quel* sens il s'agit. Posant si fermement l'homme comme être-en-projet (en un sens non heideggérien), la philosophie en fait, et par un curieux retour des choses, s'évade de la véritable « actualité ». À l'inverse, Schopenhauer la reconduit à l'éternel présent. Il montre que ce présent insurmontable s'impose par le caractère à jamais absurde de l'exercice de la vie : rien n'y devient, tout y passe mais en même temps y demeure identique. Les représentations se succèdent, certes, puisque le vouloir-vivre est susceptible d'une infinité de présentations ; mais le statut de ces mises en scène reste toujours le même, n'est que la duplication répétitive d'une instance pérenne, muette et aveugle : la volonté.

Aux yeux de Schopenhauer, le devenir historique n'est lui-même qu'une représentation toujours semblable, et toujours douloureuse, d'un vouloir-vivre qui, lui, est incapable de devenir, étranger à toute futurition. Cette représentation est proprement *ennuyeuse,* et le pessimisme de Schopenhauer est fondé sur l'intuition de l'ennui comme vérité profonde du désir, vérité secrète de tout un chacun. Chacun de nous interprète singulièrement – comme en rêve – une représentation invinciblement identique en tous. Tout ce qui captive notre « moi », qui sollicite notre individualité, nous conduit à l'affirmer ou à en jouir, n'est jamais que phantasmes, que rêve éveillé. Sous le masque de l'orgueil, de l'amour-propre, de l'égoïsme, c'est encore la volonté qui agit, toujours identique et absurde. L'angoisse provient de ce déchirement qu'introduit en nous la conscience inévacuable de cette force implacable et obscure. Au lieu de céder aux divagations où elle nous conduit, Schopenhauer estime préférable de tenter de la renier : nier le vouloir, renoncer à la volonté. Au terme de cette entreprise philosophique, le repos assurément (« Nous nous en sommes bien tiré ») ; mais un repos sombre, plus angoissant peut-être que les angoisses qu'il a réussi à écarter. Invitant au renoncement volontaire, Schopenhauer se fait l'apôtre d'une quiétude inquiétante. Une telle philosophie est sans doute trop lucide. Nietzsche ne s'y trompe pas lorsqu'il se demande quel est le pouvoir, l'autorité qui pourraient prendre le risque de lui laisser libre cours.

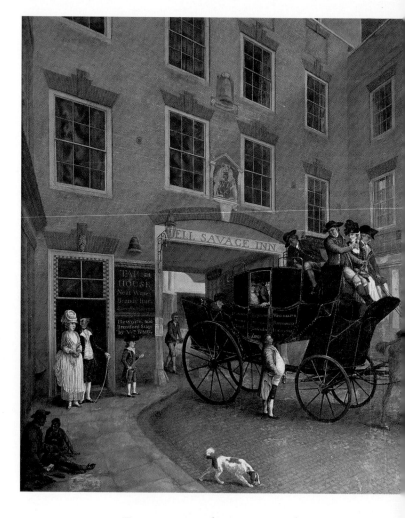

Les Années
de Voyage

La famille Schopenhauer. Les préparatifs de voyage

Le 22 février 1788, Floris Schopenhauer, commerçant à Dantzig, se précipite dans sa boutique pour annoncer triomphalement la naissance de son fils, Arthur. Un commis, connaissant la surdité de son patron, murmure : « S'il ressemble à son père, ce doit être un beau babouin [1]. »

Heinrich Floris Schopenhauer appartient à une famille d'ascendance hollandaise sur laquelle plane l'ombre de la folie. Deux de ses trois frères seront internés et le second déclaré « fou de débauche [2] ». Leur mère, devenue folle après son veuvage, est traduite en conseil judiciaire. Floris Schopenhauer lui-même passera sa vie durant par des périodes de violence et d'irascibilité inexplicables, entrecoupées de phases dépressives et autistiques au cours desquelles il ne reconnaît pas ses amis (avec angoisse et obsession suicidaire). Il épouse en 1785 Johanna Henriette Trosiener,

■ Elisabeth Trosiener, grand-mère maternelle d'Arthur Schopenhauer. (Francfort-sur-le-Main, Stadt und Universitäts-bibliothek. Schopenhauer Archiv.)

■ Christian Heinrich Trosiener, grand-père maternel d'Arthur Schopenhauer. (Francfort-sur-le-Main, Stadt und Universitäts-bibliothek. Schopenhauer Archiv.)

■ Heinrich Floris Schopenhauer,
père d'Arthur Schopenhauer, vers 1787.
(Francfort-sur-le-Main, Stadt und Universitätsbibliothek. Schopenhauer Archiv.)

■ Johanna Schopenhauer,
mère du philosophe,
vers 1794. (Weimar,
Goethe Nationalmuseum.)

fille d'un patricien de Dantzig, Christian Heinrich Trosiener, connu pour ses violentes colères. Johanna Trosiener est une jeune mondaine qui partage sa vie entre la
lecture et les réceptions. En 1793, la ville de Dantzig
annexée par la Prusse perd son autonomie. Floris, qui a
pour devise : « Point de bonheur sans liberté [3] », quitte
aussitôt le pays et s'installe à Hambourg. Il entreprend
alors de donner une éducation cosmopolite à son fils en
lui apprenant à lire dans « le grand livre du monde [4] ».
À l'âge de dix ans, Schopenhauer fait un premier voyage
et séjourne deux ans dans une famille au Havre. Puis,
toujours en compagnie de son père, il parcourt la
Bohême et découvre Prague et Karlsbad. Mais les
voyages ne détournent pas Arthur d'un goût déjà prononcé pour l'étude. Floris, qui veut voir son fils lui suc-
céder à la tête de son commerce, le met alors devant un
choix : entrer au lycée pour devenir professeur ou ter-
miner ses études à la grande école du monde en entre-
prenant avec ses parents un voyage d'agrément de plusieurs années : le tour d'Europe fort à la mode au

XVIIIe siècle ; il s'engageait à suivre au retour un apprentissage commercial. Schopenhauer note :

> Il n'hésita pas à employer la ruse. Il savait que je désirais voir le monde puis retourner au Havre pour y revoir mes chers amis [5].

Le 5 mai, Floris Schopenhauer, sa femme, son fils et sa fille, Adèle, née en 1797, se mettent en route. Arthur note le 3 mai 1803 :

> Nous avions fixé à plusieurs reprises le jour de notre départ et chaque fois nous l'avions reporté [6].

Il tient quotidiennement un journal, écrivant pêle-mêle anecdotes et réflexions sur trois gros cahiers. Le *Journal de voyage* est fort utile pour la connaissance de l'homme et de l'œuvre. Il témoigne d'une vive sensibilité artistique, d'une curiosité insatiable, et montre nettement la préférence du jeune homme « pour la vision et l'inspection des choses et la connaissance qui procède de l'intuition [7] ». Car cette connaissance des choses par l'intuition, c'est au cours de son voyage que Schopenhauer en a la révélation :

■ La maison natale de Schopenhauer à Dantzig.

> Je me réjouis surtout que cette formation m'habituât très jeune à ne jamais me contenter du simple nom des choses, mais à en préférer la vue et l'approche et à préférer au flux des paroles la connaissance immédiate [8].

Confession importante, car des impressions reçues au cours du voyage naîtra le célèbre pessimisme schopenhauerien :

> À dix-sept ans, alors que je n'avais reçu qu'une formation scolaire des plus médiocres, je fus saisi par la détresse de la vie, comme le fut Bouddha dans sa jeunesse lorsqu'il découvrit l'existence de la maladie, de la vieillesse et de la mort [9].

Voyage qui contribuera à la naissance d'une vocation philosophique :

> La vie est un dur problème, j'ai résolu de consacrer la mienne à y réfléchir [10].

La Hollande

Après un court passage en Westphalie, les Schopenhauer atteignent la frontière hollandaise le 8 mai 1803.
« Le décor changea aussitôt […]. Plus de sales taudis,
ni de granges aux murs de glaise », mais de petites maisons avec enclos et petites barrières [11]. On entre dans
une auberge où le jeune homme observe avec intérêt
une scène telle qu'on la voit si souvent sur les tableaux
hollandais :

> Des paysans étaient assis à différentes tables, man-
> geant, buvant du café et discutant calmement. On ne
> chantait pas, on ne s'amusait pas, on ne se disputait pas
> comme cela se fait ordinairement dans les autres caba-
> rets de village le soir […]. La scène était bien telle
> qu'on la voit représentée par les peintres de ce pays [12].

■ Intérieur d'une
taverne de village,
par Joos van
Craesbeeck.
(Coll. part.)
Schopenhauer
aime les tableaux
d'intérieur de l'école
hollandaise qui
réussissent à fixer
« l'instant lui-même,
dans tout ce qu'il
a de fugitif et de
momentané ».
*Le Monde comme
volonté et comme
représentation.*

On visite les curiosités, comme le village de Brock qui ressemble à un village chinois, puis on gagne Anvers, où Schopenhauer s'extasie devant la beauté des cathédrales. À Calais, c'est l'embarquement pour l'Angleterre. La mer est démontée et il fait une fort mauvaise traversée.

L'Angleterre

À Londres, tout séduit le jeune homme : les larges rues, les monuments (surtout la Tour de Londres), l'arsenal, « dont tous les fusils, pistolets et sabres sont exposés avec tant de goût et de soin qu'ils paraissent magnifiques [13] ». On se rend aux fêtes données pour l'anniversaire du roi George III. Le défilé est somptueux, mille cavaliers défilent devant Schopenhauer. Quelques jours plus tard, il est reçu chez le roi et remarque avec ironie « que les dames de la cour, avec leurs énormes bonnets et leurs longues traînes dorées, marchaient avec peu de tenue et de grâce. Elles ressemblaient à des paysannes déguisées [14] ».

■ Le roi de Brobdingnag et Gulliver. Caricature de Gillray. (Paris, musée Carnavalet.)

Les spectacles sont parfois moins réjouissants : Schopenhauer assiste à une exécution capitale et rédige quelques notes sévères sur la justice humaine. C'est la première trace d'un étonnement doloriste qui se manifestera plusieurs fois dans son journal :

■ Maison de Schopenhauer dans la campagne anglaise. (Francfort-sur-le-Main, Stadt und Universitätsbibliothek. Schopenhauer Archiv.)

> Il est toujours révoltant de voir exécuter des hommes. Pourtant, cette scène d'exécution anglaise est de loin moins atroce que d'autres. Le malheureux ne souffre que trente secondes. Dès que la trappe s'ouvre, la mort est instantanée [...]. L'échafaud se trouve tout près de la porte de la prison. Les spectateurs ne se pressent pas en foule, car les pendaisons ont lieu régulièrement toutes les six semaines [...]. Il est triste de voir avec quelles angoisses ces hommes veulent profiter des derniers moments pour prier [15].

La famille Schopenhauer visite les musées, l'abbaye de Westminster avec ses innombrables tombeaux. Arthur écrit :

> Lorsqu'on voit les reliques et monuments de tous ces poètes, héros et rois des différents siècles rassemblés ici,

il est enivrant de se demander s'ils sont à présent réunis sans être séparés ni par les siècles, ni par l'espace, ni par le temps [16].

Le soir, les Schopenhauer sont au grand Opéra italien ou à Covent Garden. Un soir, l'un des acteurs, Cook, est ivre mort. Il tombe peu après son entrée en scène. On baisse le rideau.

L'orchestre se mit aussitôt à jouer l'ouverture et la répéta plusieurs fois de suite comme le rideau ne se levait pas [17].

Un acteur fit une annonce. « Lorsqu'il dit : "Cook est malade", tout le parterre répondit : "Non, il est ivre", et le vacarme reprit [18]. »

Lorsqu'ils ne vont pas au spectacle, les Schopenhauer fréquentent les concerts, participent à des bals, regardent des feux d'artifice : soirées qui rachètent les sombres dimanches anglais. Car, à Londres, la célèbre bigoterie proscrit tout divertissement le dimanche. La journée tourne alors à l'épouvante : ni théâtre, ni spectacle de ballet, ni magasins ouverts, ni expositions. Dans son propre journal, Johanna raconte que « quelques familles furent dénoncées à l'Église parce qu'elles s'étaient réunies pour des concerts ou s'attardaient le samedi soir, jusqu'à minuit. Même le jeu de cartes fait scandale. Une dame déclare : "J'ai joué aux cartes le dimanche, je m'en repens encore." Elle disait cela malgré l'ennui le plus atroce [19] », ajoute-t-elle. Seul salut : « Les femmes passent le dimanche à médire des voisines, chose permise. Mais, si l'on se hasarde à ouvrir le piano, l'hôtesse entre pour dire de respecter le Seigneur [20]. » La bigoterie dépasse toutes les limites : « Si vous ouvrez un livre ou si vous êtes surpris par une visite, vous devez vous attendre à être sermonné. Si vous voulez jouer au whist avec vos propres compatriotes, votre domestique a le droit de vous accuser chez le juge de paix le plus proche et vous n'échappez pas à la punition [21]. »

Autre désagrément : la nourriture anglaise que Johanna ne supporte pas : viande rouge dégoûtante, poisson sans sel, légumes cuits à l'eau, rôti sans beurre, potages maigres, salade non assaisonnée, fruits à moitié verts (des noisettes), absence de café. Le 5 novembre 1803, les Schopenhauer quittèrent Londres pour gagner Rotterdam, Anvers, Valenciennes et enfin Paris.

La France. Paris

En compagnie de Sébastien Mercier, l'auteur du *Tableau de Paris*, Schopenhauer découvre le Panthéon, visite le Louvre, l'institut des sourds-muets. La famille, qui aime la danse, va fréquemment à l'Opéra voir des ballets. Vestris déçoit Schopenhauer qui le trouve « vieux et laid [22] ». À la Comédie-Française, Talma suscite son admiration. Un soir, il aperçoit le Premier Consul.

> Quelques minutes avant le lever du rideau, rapporte-t-il, un tonnerre d'applaudissements s'éleva jusqu'à Bonaparte. Il fit quelques saluts et se rassit : sa loge tapissée de drap bleu se trouvait au deuxième rang du théâtre. Je me rendis ensuite dans la loge située en face de la sienne pour mieux le voir [...]. Il portait un uniforme français très simple. Il était seul [23].

■ Arthur
Schopenhauer
à 14 ans. (Weimar,
Goethe und Schiller
Archiv.)

Nouvelle rencontre au Carrousel où le Premier Consul passait en revue 6 000 hommes de troupe italiens arrivés récemment.

> C'était très beau. Je pouvais très bien voir le consul mais j'étais trop loin pour distinguer les traits de son visage [...]. Après la revue, Bonaparte distribua solennellement des drapeaux à chaque régiment [24].

On notera la sécheresse magistrale des lignes de Schopenhauer sur le fameux général. Nulle envolée lyrique, nulle considération pour celui que toute la jeunesse romantique (à la suite de Hegel) considéra comme l'âme du monde. Au cours d'une visite au musée des Monuments français dans l'ancienne église des Petits-Augustins, il note devant les sarcophages des rois de France :

Les plus anciens rois exécutés de manière grossière gisent sur les cercueils de pierre, mains jointes, d'autres sont représentés de manière hideuse, on voit bien leur agonie. Ils gisent sur le sarcophage, les muscles crispés de douleur et d'effroi, les yeux révulsés, la bouche ouverte, les cheveux en désordre [25].

C'est la deuxième note du jeune Schopenhauer sur la souffrance et la mort. Les formules romantiques du *Monde* feront écho ultérieurement à cet étonnement de jeune homme :

Il [l'homme] ne fait ainsi qu'avancer peu à peu vers le grand, le total, l'inévitable et irrémédiable naufrage ; il a le cap sur le lieu de sa perte, sur la mort. Voilà le terme dernier de ce pénible naufrage [26].

Bordeaux

Le 27 janvier 1804, on quitte Paris pour Bordeaux.
Les voyageurs connaissent quelques difficultés. Une
roue casse à la sortie de Paris, faubourg Saint-Marceau,
« connu comme le quartier le plus sale [27] ». Entre
Orléans et Bordeaux, les Schopenhauer sont importu-
nés par des marchands. À chaque relais, la diligence est
prise d'assaut « par une foule de femmes insupportables qui vendent des couteaux ». En chemin, Schopenhauer admire « la beauté des amandiers couverts de
fleurs alors que chez nous, ce mois-ci, les arbres sont
encore couverts de neige et non de fleurs [28] ». Il entre-
coupe ces notes de réflexions douloureuses sur la
misère des maisons (à l'entrée de la ville de Tours) « où
vivent des êtres rabougris [29] ». On atteint Bordeaux le

■ *Le Bal de l'opéra*,
par Bosio. (Paris,
musée Carnavalet.)
« La pompe et
la magnificence
des grands dans
leurs parades et dans
leurs fêtes, qu'est-ce
autre chose, au fond,
qu'un vain effort
pour triompher des
misères inhérentes
à notre existence ?
Qu'est-ce, en effet,
vus sous leur vrai
jour, que les joyaux,
les perles, les plumes,
les velours rouges
éclairés par le reflet
des bougies,
les danseurs,
et les sauteurs,
les costumes travestis
et les mascarades ? »
*Parerga et
Paralipomena.*

6 février 1804. À Bordeaux, Schopenhauer fréquente
les bals à la mode.

> M. Lenau nous conduisit dans deux bals de souscrip-
> tion qui constituent le divertissement principal de l'hi-
> ver bordelais. Le premier est le bal de l'Intendance
> qu'on donne en ville et qui est fréquenté par les Borde-
> lais et l'ancienne noblesse [30] [...]. Le deuxième bal que
> nous avons fréquenté est le bal de l'hôtel Franklin, bien
> qu'on n'y rencontre presque pas d'Anglais [...]. On
> danse dans une autre très grande salle. Il n'y a qu'une
> autre pièce où l'on joue à l'écarté qui, avec la bouillotte,
> est actuellement le seul jeu [31].

Schopenhauer participe aux réjouissances du Mardi
gras : « Pendant les trois derniers jours du carnaval, les
masques défilent dans les rues [32] » ; il voit devant le
grand théâtre la foule colorée des masques, mais note
que le divertissement devient rapidement déplaisant :

> Il était désagréable surtout pour l'étranger de sentir
> cette forte odeur d'ail qui caractérise l'homme du
> peuple de ces régions [33].

Dans d'autres bals, on joue aux cartes. Schopenhauer
s'intéresse déjà à ce jeu qu'il cite fréquemment dans *le
Monde comme volonté et comme représentation* et qu'il consi-
dérera comme le symptôme par excellence de l'ennui.

> À ce bal, le jeu est le plaisir le plus goûté. Dans une
> pièce en longueur s'alignent deux rangées de tables
> qu'on peut louer pour douze livres. À chaque table, il y
> a un ou deux « dominos », mais parfois des gens sans
> masque, souvent des femmes avec une grande pile de
> faux louis d'or à côté d'elles [34].

Dans une autre pièce, on joue à la roulotte. L'ennui
est donc maladie mortelle, calamité publique qui a
engendré toute la gamme des passe-temps possibles, en
tête desquels figurent les jeux de cartes, les bals et les
carnavals. Notes qui témoignent d'une attention précoce

portée au divertissement sur lequel Schopenhauer reviendra souvent dans son œuvre. Se divertir, pour lui, c'est fuir le mieux possible l'ennui, ce n'est pas être heureux. Bien plus, c'est, selon l'expression populaire, reculer pour mieux sauter. Car Schopenhauer souligne ici, en même temps que sa nécessité, le caractère misérable du divertissement :

> Si monotones et si tristes que puissent paraître ces bals masqués que j'ai vus pourtant dans toute leur splendeur, on les donne néanmoins pendant toutes les soirées du carnaval et même encore jusqu'à quatre semaines après, et ceci quotidiennement pendant le carême. Il y a toujours du monde [35].

Le grand responsable des fêtes et orgies en tous genres, c'est donc bien l'ennui dont Schopenhauer ressent ici la sombre présence à l'origine de toutes les activités humaines : deuxième mal de l'humanité et deuxième source d'étonnement, la première étant la souffrance. Conséquence de cet étonnement devant le divertissement, l'intérêt qu'il porte au jour du dimanche avec lequel il a fait particulièrement connaissance lors de son séjour en Angleterre. Jour important pour le philosophe parce que l'ennui y est ressenti avec une acuité inhabituelle et que les divertissements se multiplient dans une atmosphère de panique. On sait combien ce jour est révélateur pour Schopenhauer de l'ennui du monde :

> Il [l'ennui] a sa représentation dans la vie sociale : le dimanche [36].

On franchit la Garonne pour gagner Montauban, Toulouse, Béziers, Nîmes aux « célèbres arènes de l'époque romaine qui se sont conservées de façon miraculeuse [37] », et enfin Marseille, ville qui étonne Schopenhauer par sa trépidation, son mélange de races, ses commerces à chaque coin de porte.

> Il y a une cohue et un bruit permanents engendrés par les ouvriers, les matelots, et toutes sortes de gens qui viennent pour affaires ou en spectateurs [38].

■ Double page
suivante : *Le Port
de Marseille,* par
Joseph Vernet. (Paris,
musée de la Marine.)
« La curiosité
la plus intéressante
de Marseille, surtout
pour les étrangers,
est le port. Il a
la forme d'un
rectangle oblong
et son entrée est
extrêmement étroite. »
Journal d'Arthur
Schopenhauer.

De Marseille, on se rend à Toulon en traversant « une région rocailleuse, sauvage et étrange [39] ».

Toulon

Sitôt arrivé, Schopenhauer se rend d'abord à l'arsenal où « tous les travaux sont effectués par des galériens [40] ». Il est vivement impressionné par la visite de ce bagne où 6 000 forçats vivent sans espoir.

> Je considère le sort de ces malheureux comme plus affreux que la peine de mort. Les galères que j'ai vues de l'extérieur semblent être les endroits les plus sales et les plus écœurants qu'on puisse imaginer […]. Le forçat a pour lit le banc auquel il est enchaîné ; l'eau et le pain sont toute sa nourriture […]. Peut-on imaginer sentiment plus affreux que celui d'un malheureux enchaîné à un banc de galère sombre dont seule la mort peut le délivrer […]. Ce qui augmente les souffrances de certains, c'est d'avoir à supporter la compagnie inséparable de ceux auxquels il est enchaîné. Et quand vient enfin le moment où la délivrance qu'il attendait depuis dix ou douze ans, ou – chose plus rare – depuis vingt ans, c'est-à-dire la fin de l'esclavage, que deviendra-t-il ? […] Personne ne veut employer un ancien galérien […]. Il récidive et finit aux Assises. J'ai été effrayé d'apprendre qu'il y avait 6 000 galériens [41].

Dix ans plus tard, Schopenhauer reprendra ces notes hâtives au moment d'écrire certaines pages du *Monde comme volonté et comme représentation,* usant des mêmes images : ne sommes-nous pas tous comme les bagnards de Toulon, « compagnons de souffrance d'une colonie pénitencière [42] » ? Notes qui témoignent qu'au cours de son voyage, Schopenhauer éprouve une intuition de la misère de la vie qui préfigure celle du *Monde comme volonté et comme représentation*. Même s'il ne s'agit que d'impressions notées à la hâte, elles nous renseignent sur ce qui sensibilise et étonne le jeune homme au cours de ses voyages. Étonnement d'autant plus sincère qu'il

■ *Le Prisonnier*,
par Goya. (Paris,
BNF.) Gravure
des « Désastres
de la guerre ».

n'écrit que pour lui-même sans jamais avoir le souci ou l'espoir d'être lu. Ce qui le surprend, c'est la souffrance du monde dans ses manifestations quotidiennes. Cet étonnement restera toujours pour lui la condition même de la pensée philosophique. Sans recul quelconque, point de problème et point de réponse :

> Être philosophe, c'est donc être capable de s'étonner
> des événements habituels, des choses de tous les jours,
> de se poser comme sujet d'études, ce qu'il y a de plus
> général et de plus ordinaire [43],

dira-t-il dans *le Monde comme volonté et comme représentation*, en se souvenant de son expérience de jeune homme. Et cet étonnement devant le quotidien, où le trouver avec plus d'évidence que dans le *Journal de voyage* ? Le journal que tient Johanna Schopenhauer à la même époque diffère totalement de celui de son fils. Car, d'une part, elle n'écrit que pour être lue (ménageant ses effets), d'autre part, tout autres sont ses remarques sur la misère humaine. Ses descriptions du bagne de Toulon concordent avec celles de son fils.

> Des hommes qui ont vu la guerre reculent devant tant de misère […]. Les prisonniers enchaînés deux par deux portent des haillons […]. Sur les physionomies, on décelait l'expression de dépravation la plus profonde, de désespoir farouche et d'envie de tuer […]. Ils ne respirent jamais l'air pur, ne voient jamais le soleil [44].

Mais, alors que Schopenhauer reste muet d'étonnement devant le spectacle de la souffrance et réfléchit sur le sort des prisonniers, Johanna s'effraie. « À aucun prix nous ne voudrions vivre dans ce voisinage atroce de Toulon, bien que la nature y déverse sa corne d'abondance. Si les flammes saisissaient l'arsenal, si elles faisaient sauter les verrous et les chaînes et si les habitants de la ville étaient exposés à la colère de ces six mille désespérés, ce qu'on peut imaginer alors est effroyable, mais n'est pas impossible [45]. » À ces notes angoissées s'ajoutent celles qui traduisent ses indignations morales devant la conduite des hommes (indignations auxquelles semble imperméable son fils), comme en témoignent ces remarques faites à Marseille : « Tout homme marié ou célibataire entretient une maîtresse avec laquelle il passe tout son temps libre. Personne ne s'en cache. Des hommes emmènent depuis peu leurs maîtresses au théâtre, souvent dans la loge en face de leurs femmes. Nulle part le vice ne s'affiche aussi ouvertement qu'à Marseille. La ville fourmille de filles de toutes sortes […]. On voit ici les putains qu'on ne tolérerait pas à Paris ou à Bordeaux, et si l'une d'elles réussit à se faire épouser par son adorateur, elle rentre sans peine dans le rang des femmes honnêtes et jouit alors de la même considération [46]. »

Le 29 avril, Schopenhauer est à Aix puis à Avignon « sale et mal bâtie [47] ». On longe le Rhône, on traverse Orange, on atteint Montélimar puis Lyon, où Schopenhauer médite sur l'absurdité des révolutions :

> Aucune ville n'a plus souffert de la Révolution que Lyon, et cette grande ville magnifique est célèbre pour avoir été le théâtre d'atrocités immenses. Il n'y a presque pas de familles dont plusieurs membres, en général le père, ne soient morts sur l'échafaud, et les malheureux habitants de Lyon se promènent maintenant sur cette même place où, il y a dix ans, leurs amis et leurs proches parents furent fauchés par des canons à mitraille. Ne revoient-ils pas l'image sanglante de leurs pères qui expirèrent dans les tortures ? Pourrait-on croire qu'ils passent devant la place en racontant froidement l'exécution de leurs amis ? Il est inconcevable que le pouvoir du temps efface les impressions les plus vives et les plus horribles [48].

Le *Journal* de Schopenhauer, c'est un peu celui qu'aurait pu écrire un Candide, sans les intentions polémistes de Voltaire. Car, précisément, ce qui caractérise ces pages, c'est une absence de préjugés ou d'intentions, un regard neuf sur le monde avec des pointes d'étonnement sur ce qui s'y trouve de plus extraordinaire. On découvre sous forme embryonnaire un étonnement devant le spectacle de la souffrance décrit longuement dans *le Monde comme volonté et comme représentation* quelques années plus tard et un bilan déjà résolument pessimiste et spontanément anti-leibnizien : beaucoup trop de souffrances pour trop peu de bien. Car, si une partie du monde souffre, une autre, on l'a vu, ne s'amuse pas. Elle ne fait que fuir maladroitement cet autre mal qu'est l'ennui. À un Dieu bon de la théologie classique, Schopenhauer opposera donc tout naturellement un Dieu mauvais, seul créateur possible d'un tel monde. Il notera à son retour :

La vérité telle que la montre le monde surmonta bientôt en moi les dogmes juifs qu'on m'avait inculqués et le résultat fut que ce monde ne pouvait pas être l'œuvre d'un être bon mais plutôt celle d'un diable qui a créé des êtres pour se réjouir de leurs tortures [49].

La Suisse

Le 12 mai, Schopenhauer atteint Genève et peut admirer le lac au soleil couchant :

Le soleil se reflétait dans le lac et répandait une grande lueur dorée sur la surface calme [50].

Les notes qui suivent témoignent de la troisième source d'étonnement du jeune homme : les beautés de la nature. Mais s'il est séduit par la grandeur de certains lieux, il ne se laisse jamais aller à des prolongements théologiques sur la beauté et l'ordonnancement du monde, à la manière d'un Rousseau, pas plus que la beauté des panoramas ne saurait racheter les misères de ce monde : « Le monde n'est pas un panorama [51] », note-t-il sèchement dans *le Monde comme volonté et comme représentation*. La famille Schopenhauer se met en route pour Chamonix, déjeune à Bonneville et atteint la vallée de Sallanches. Le chemin devenant de plus en plus mauvais, M. Schopenhauer, las de jouer les Tartarin, décide de rentrer. Arthur et sa mère empruntent un char à bancs pour les sentiers difficiles, véhicule rassurant pour la haute montagne « car il est tellement bas qu'on peut sauter à la moindre menace de danger [52] ». La chute de l'Arve donne le vertige à Schopenhauer :

Comme je m'approchais trop près du précipice, le guide y lança une petite pierre pour me montrer le danger ; je ne pouvais, sans horreur, la suivre du regard [53].

Au vertige succède la peur. On évoque les accidents passés, l'aventure horrible d'un guide trouvé mort au fond d'une crevasse « les ongles déchirés, ce qui prouve que la mort ne fut pas immédiate [54] ». On arrive au village de Chamonix. Hardi, Schopenhauer veut escalader le Montauvert, mais les guides refusent de l'y conduire par crainte des avalanches. Il se console en se promenant sur la mer de Glace puis rentre à Chamonix. Il admire « les merveilleuses Alpes dans toute leur splendeur au coucher du soleil [55] » et surtout le mont Blanc :

> Nous allâmes sur une hauteur située en face du mont Blanc que nous admirâmes encore une fois. Son sommet n'était pas couvert de nuages et ne laissait pas présager le malheur qui devait nous accabler le jour suivant : de là, nous pouvions embrasser du regard toute la chaîne des Alpes méridionales [...]. Au centre, le mont Blanc tel un chef les dépasse tous. Lorsqu'on est à son pied, on peut juger de sa hauteur. Certes, on voit le sommet, mais il est tellement éloigné qu'il paraît moins élevé que les aiguilles dans le lointain. Pour embrasser du regard toute sa hauteur, il faut monter sur les montagnes neigeuses qui se trouvent face à lui [56].

■ La mer de Glace et la vallée de Chamonix. Vue prise du Chapeau. Lithographie de F. Benoist. (Paris, coll. part.) « On dit que la mer de Glace s'appelle ainsi parce qu'elle a la forme d'une mer agitée par les vagues. » *Journal* d'Arthur Schopenhauer.

La cime du mont Blanc semble avoir tant impressionné Schopenhauer que, dans *le Monde comme volonté et comme représentation,* c'est à elle qu'il comparera l'isolement du génie :

> Cette humeur sombre si souvent observée chez les esprits éminents a son symbole dans le mont Blanc : la cime en est presque toujours voilée par des nuages, mais quand parfois, surtout à l'aube, le rideau se déchire et laisse voir la montagne, rougie des rayons du soleil, se dresser de toute sa hauteur au-dessus de Chamonix, la tête touchant au ciel par-delà les nuées, c'est un spectacle à la vue duquel le cœur de tout homme s'épanouit jusqu'au plus profond de son être. Ainsi le génie, mélancolique le plus souvent, montre par intervalles cette sérénité toute particulière déjà signalée par nous, cette sérénité due à l'objectivité parfaite de l'esprit qui lui appartient en propre et plane comme un reflet de lumière sur son front élevé : *in tristitia hilaris in hilaritate tristis* [57].

De ce séjour à la montagne (où il ne reviendra jamais), Schopenhauer gardera le souvenir enchanteur de très fortes émotions esthétiques. En rédigeant ses *Remarques sur la beauté de la nature (Suppléments* au *Monde),* c'est à la montagne qu'il songera tout naturellement :

> La vue des montagnes qui se découvrent soudain à nos yeux met facilement dans une disposition d'esprit sereine et même élevée ; peut-être cette impression tient-elle en partie à ce que la forme des montagnes et le dessin du massif qui en résulte sont la seule ligne permanente du paysage, qui ne tarde pas à emporter tout le reste et surtout notre propre personne, notre individu éphémère. Non pas qu'à l'aspect des montagnes toutes ces idées arrivent à une conscience expresse, mais nous en avons un sentiment confus qui donne sa tonalité à notre disposition d'esprit [58].

Dans d'autres pages du *Monde comme volonté et comme représentation,* Schopenhauer distingue dans la contemplation esthétique deux aspects, l'un objectif, l'autre subjectif :

> Nous avons trouvé dans la contemplation esthétique deux éléments inséparables : la connaissance de l'objet considéré non comme chose particulière mais comme idée platonicienne, c'est-à-dire comme force permanente de tout un espace de choses, puis la conscience de celui qui connaît non point à titre d'individu, mais à titre de sujet connaissant exempt de volonté [59].

Ces deux aspects désignent, l'un et l'autre, un état de plaisir. Ces deux plaisirs éprouvés à la contemplation du mont Blanc, Schopenhauer les a exprimés plus haut, l'un subjectif, décrit en terme de disposition sereine et même élevée et qu'il explicite par un affranchissement à l'égard de la volonté, l'autre objectif parce qu'il consiste à contempler l'objet dans son essence :

> Seules les montagnes bravent la ruine qui ne tarde pas à emporter tout le reste et surtout notre propre personne, notre individu éphémère [60].

Le voyage s'achève par une traversée de l'Autriche et une visite systématique de tous ses châteaux.

Le journal du jeune homme prend fin sur un trait schopenhauerien par excellence : la gourmandise. (Toute sa vie, Schopenhauer sera un client assidu des bons restaurants.) Un relevé soigneux et annoté des restaurants fréquentés, lors du voyage, figure à la fin du manuscrit :

Brême	*La Maison bleue*	assez bien
Ammesfort	*Aux Armes*	très bien
Amsterdam	*Waaper van Amsterdam*	très bien
Haay	*Doelen*	moyen
Rotterdam	*Shiperhous*	mauvais
Anvers	*Grand Laboureur*	très bien

etc.

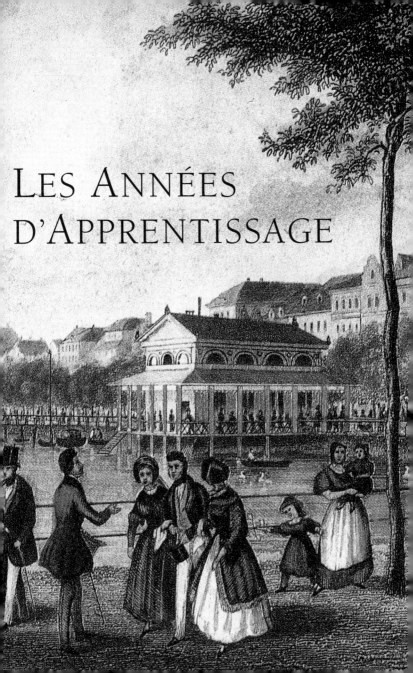

Les Années
d'Apprentissage

Hambourg : l'origine de l'« Essai sur les femmes ». Sexualité de Schopenhauer

Fidèle à sa promesse, Schopenhauer entreprend des études de commerce à contrecœur : « Il n'y avait pas de commerçant plus mauvais que moi [61]. »

Études qui « le rendent agressif et désagréable aux autres [62] », agressivité entretenue par les lettres que lui adresse son père, dans lesquelles celui-ci multiplie les recommandations : être rangé, exercer son style épistolaire, soigner son écriture et son amabilité, se tenir droit. Conseils qui préoccupent fort peu Schopenhauer tout occupé à suivre en cachette les cours de phrénologie de Gall ou à rédiger de mauvais poèmes philosophiques :

Fuis ô temps avide

Jusqu'à ce que tu aies fini ta carrière,

Accélère la marche lente des heures

Qui a la lenteur des oscillations d'un fil à plomb.

Repais-toi de tes proies qui ne sont que vanité et fausseté

Car seuls te reviennent la poussière et le clinquant.

Ta proie a peu de valeur et la perte en est minime.

Lorsqu'à la fin tu auras enterré

Tout ce qui est mauvais, même ta propre avidité,

L'éternité s'approchera pour nous saluer

Et nous apportera le baiser de la mort.

Et comme par une marée montante nous serons
[inondés de joie.

La divinité apparaîtra dans sa clarté

Et la vérité, la paix, l'amour se réuniront

Pour embrasser le trône de celui vers qui nous allons
[nous élever dans un vol céleste

Pour le contempler, en toute éternité,

Et nous reposerons éternellement dans les étoiles

Au-dessus du hasard, de la mort et de toi, ô temps [63].

Le 20 avril 1806, Floris Schopenhauer tombe du grenier et se tue sur le coup. Accident inexplicable que Schopenhauer semble attribuer à un suicide. Gwinner

■ Une leçon
du docteur Gall,
médecin (1758-
1828). Caricature de
Rowlandson. (Paris,
BNF.) Gall croyait
à l'existence d'une
correspondance
entre la forme du
crâne et les facultés
intellectuelles
et affectives.
La phrénologie est
l'ébauche imparfaite
des localisations
cérébrales.
Schopenhauer,
dans *Le Monde
comme volonté
et comme
représentation*,
devait sévèrement
critiquer Gall.

rapporte ses soupçons : « Des déclarations qui me sont parvenues indirectement provenant de la mère et du fils, auxquels du reste je me suis abstenu de poser aucune question à ce sujet, m'autorisent à penser que le bruit public était fondé [64]. »

Avant de disparaître, Floris Schopenhauer a traversé une période dépressive particulièrement grave, aux symptômes évocateurs : angoisse, tristesse, perte de mémoire, idées suicidaires ; dépression encore accentuée par la solitude affective dans laquelle il vit :

> Lorsque mon propre père était cloué dans un fauteuil de malade, infirme et misérable, il eût été abandonné à lui-même si un vieux serviteur n'avait rempli auprès de lui les devoirs de charité que madame ma mère ne remplissait pas. Madame ma mère donnait des soirées tan-

dis qu'il s'éteignait dans la solitude et s'amusait tandis qu'il se débattait dans d'intolérables souffrances. Voilà l'amour des femmes [65].

Attitude qui n'a rien d'étonnant quand on sait que Johanna n'aima jamais son mari. Relevant d'un chagrin d'amour, elle considéra son mariage comme un événement sans importance (« Je ne pris même pas les trois jours de réflexion que, selon l'usage du temps, les jeunes filles se réservaient ») et se réjouit en envisageant les bénéfices matériels que son union lui apportait : « Que ne possédais-je pas ! le superbe jardin disposé en terrasse, le jet d'eau, l'étang avec sa gondole peinte qui venait d'Arkhangelsk, si légère qu'un enfant de six ans l'aurait dirigée, des chevaux, deux petits chiens d'Espagne, huit agneaux blancs comme neige avec des clochettes au cou, dont la sonnerie argentine formait une octave complète, le poulailler avec des espèces rares, enfin dans l'étang les grosses carpes qui ouvraient leurs grandes bouches dès qu'elles entendaient ma voix et se disputaient les miettes que je leur jetais de ma gondole [66]. » « Sans cœur ni âme [67] », résume Feuerbach.

Autre confession non moins cynique dans *Gabrielle,* roman où Johanna, puisant dans sa propre expérience, aborde le thème des mariages sans amour, et dans la *Tante* où la jeune femme campe son mari sous les traits ridicules du tyran domestique, le négociant en gros Kleeborn. Peinture dont Arthur n'est pas dupe lorsqu'il écrit en 1812 :

> Chaque roman est un pur chapitre tiré de la pathologie de l'esprit comme a dit Platon quelque part [68].

Schopenhauer fut donc comme le témoin douloureux des souffrances d'un père qu'il aimait, qu'il appelle le meilleur des pères et « dont il veut conserver toute sa vie, au fond de son cœur, les indicibles mérites et les bienfaits en vénérant sa mémoire [69] ».

Affaire psychologiquement et littérairement importante puisqu'elle est à l'origine de la célèbre misogynie de Schopenhauer et a inspiré directement la peinture

■ Johanna
Schopenhauer
et sa fille Adèle, par
Caroline Bardua.
1806. (Weimar,
Nationale Forschung
und Gedenkstätten
der klassischen
deutschen Literatur.)

féroce de *l'Essai sur les femmes* qui n'est qu'une lointaine vengeance. En faisant le portrait de la femme et en dressant la liste de ses principaux défauts, c'est à sa mère qu'il dut bien souvent penser.

– Esprit frivole : « Elles ne voient que ce qui est sous leurs yeux, s'attachent au présent, prenant l'apparence pour la réalité et préférant les niaiseries aux choses les plus importantes [70]. »

Toute sa vie, Schopenhauer considéra sa mère comme un bas-bleu.

– Coquetterie : « L'intérêt qu'elles semblent prendre aux choses extérieures est toujours une feinte, un détour, c'est-à-dire pure coquetterie et pure singerie [71]. »

Johanna lui rapportait sans pudeur le récit de ses conquêtes, après la mort de Floris Schopenhauer : « Je ne manque pas d'adorateurs mais ne t'en inquiète pas. Un négociant, riche comme je le crois, qui a passé ici quelques semaines pour une affaire d'héritage, a très sérieusement demandé ma main et tout aussi sérieusement je l'ai renvoyé chez lui. Il y a ensuite un chambellan de la grande duchesse qui voudrait bien m'anoblir, un parfait imbécile qui a eu une femme spirituelle et qui en cherche une autre pareille, tout le monde sait qu'il m'adore [72] », etc.

– Dépensière : « Au fond du cœur, les femmes s'imaginent que les hommes sont faits pour gagner de l'argent et les femmes pour le dépenser ; si elles en sont empêchées pendant leur vie, elles se dédommagent après leur mort [73]. »

C'est ce que fit Johanna qui, Floris décédé, mena grand train à Weimar, donnant soirée sur soirée. Observation que Schopenhauer rapporte par ailleurs dans *Éthique, Droit et Politique*.

■ Adèle
Schopenhauer.
Elle partageait
le pessimisme de
son frère : « Je n'ai
aucun plaisir à vivre,
je redoute la vieillesse,
je redoute la vie
solitaire à laquelle
je suis sûrement
destinée. »

Toutes, à peu d'exceptions près, inclinent à la prodigalité. Aussi faut-il assurer contre leur folie toute fortune acquise, à part les cas assez rares où elles l'ont acquise elle-même. Qu'une mère puisse devenir tutrice et administratrice de la part héréditaire paternelle de ses enfants, ceci m'apparaît comme un non-sens impardonnable et une abomination. Dans une grande majorité des cas, cette femme mangera avec son amant, qu'elle l'épouse ou non, ce que le père a, par le travail de toute sa vie, épargné pour ses enfants, et aussi pour elle [74].

C'est ce qu'a fait Johanna en menant grande vie avec son amant Müller et en déshéritant son fils.

Portrait moral :

– Trahison : « De ce défaut fondamental [la dissimulation] naît […] la trahison [75]. »

Schopenhauer vit sa mère prendre un amant peu après la mort de son père.

– Injustice : « L'injustice est le défaut capital des natures féminines. » Johanna préféra son amant à son fils : « Si je consentais à te sacrifier mon ami, j'agirais mal envers lui et envers moi [76] », lui écrivait-elle.

Affaire psychologiquement grave pour Schopenhauer qui projeta l'image maternelle sur tout le genre féminin et éprouva par là même de façon coupable toute attirance vers un sexe criminel (Johanna contribua par son indifférence à la mort de son père) et infidèle à la mémoire de son père (en devenant la veuve joyeuse, maîtresse de F. Müller). D'où les fréquentes références à l'histoire d'Hamlet dont le jeune homme croit revivre l'aventure, tout en partageant le désir de vengeance et la solitude affective du héros de Shakespeare :

> En général, une femme qui n'a pas aimé son mari n'aimera pas non plus les enfants qu'elle a eus de lui, surtout après une époque de l'amour maternel instinctif, et qui donc ne compte pas du point de vue moral, est révolue [77].

Quandt, qui fut le témoin des tourments de Schopenhauer, dira à Adèle : « J'ai cru constater en lui les convulsions d'une souffrance monstrueuse qui semblait accompagner le souvenir terrible d'une époque de sa vie [78]. » Tragédie familiale que Nietzsche résume en ces termes : « Chacun porte en soi une image de la femme tirée d'après sa mère, c'est par là qu'il est déterminé à respecter les femmes en général ou à les mépriser ou à être totalement indifférent à leur égard [79]. »

D'où l'impossibilité dans laquelle se trouve Schopenhauer d'établir une relation avec la femme sur un mode autre que celui du sarcasme, la peur constante de vivre une aventure dont le jeu ne vaille pas la chandelle, les fréquentes crises de jalousie envers ses partenaires, la recherche de relations sexuelles dépouillées de toute relation affective et le report de son manque affectif sur sa sœur, à qui il écrit de tendres lettres *.

---

* « Es-tu fou de m'écrire que je suis la seule femme que tu aies aimée sans que les sens y fussent pour rien ? Cela m'a bien fait rire. Mais suppose que je ne sois pas ta sœur, je voudrais bien savoir si tu aurais pu m'aimer : il y a tant de femmes qui me sont supérieures », lui écrit Adèle le 5 février 1819 (*Schopenhauer Jahrbuch,* n° 58, p. 202, note 21). Quandt est conscient de la détresse de Schopenhauer lorsqu'il écrit à Adèle le 26 octobre 1818 : « Il est à craindre que tout son être va se pétrifier dans un égoïsme rigide, s'il n'apprend pas à aimer un objet extérieur à lui » (*Scheemann Schopenhauer Briefe,* p. 495).

Schopenhauer n'eut qu'une furtive relation amoureuse, au cours de son voyage en Italie, avec une jeune Vénitienne, Teresa Fuga. Très épris, il écrivit une lettre enthousiaste à sa sœur pour raconter son aventure. « J'aurais bien voulu savoir comment on a attaché ton cœur, s'étonne Adèle, car jamais je ne t'aurais cru capable d'une telle passion [80]. » Il envisage même une vie commune, mais pris de doute sur les sentiments de Theresa à son égard, confie ses angoisses à sa sœur. Celle-ci tente en vain de le rassurer : « Tu te demandes si elle te suivrait, singulier homme ! Il faut pour cela de

l'amour. Si tu as trouvé cela, tu feras bien de le tenir. Tu parles de rêves évanouis : il y a des rêves qui durent [81]. »

Le conflit affectif du jeune homme fait bientôt surface et la malheureuse Teresa Fuga, soupçonnée en permanence de trahison, est surveillée nuit et jour. Un incident précipite la rupture :

En me promenant avec ma maîtresse sur le Lido, celle-ci s'écria subitement : « Le voilà, le poète anglais ! » Et à ce moment-là, Byron passa sur son cheval et l'Italienne ne put l'oublier de toute la journée. C'est pour cela que

■ Le Grand Canal à Venise avec l'église Santa Lucia, par Francesco Guardi. (Coll. part.)

je décidais de ne pas porter la lettre de Goethe [celui-ci
avait remis à Schopenhauer une lettre de recommanda-
tion pour Byron] : j'avais peur de devenir cocu [82] !

Excédée par de telles scènes, la jeune femme laissera
Schopenhauer à sa solitude et à ses problèmes. État
menant à un refoulement inévitable et à une tension
sexuelle dont il se plaindra toute sa vie, parlant de « sa
chienne de sexualité » et la traitant en « ennemie per-
sonnelle ainsi que la femme, cet *instrumentum diaboli-
cum* [83] », tantôt l'évoquant en vers :

> Ô volupté, ô enfer
>
> Ô sens, ô amour
>
> Qu'on ne peut satisfaire ni vaincre
>
> Vous m'avez tué des sommets du ciel
>
> Pour me jeter dans la poussière de la terre
>
> Où je gis enchaîné [84]…

tantôt la soulageant dans des aventures sans éclat, avec
diverses partenaires, ce qui désamorce toute relation
amoureuse (ménageant son blocage affectif) et établit
des rapports sur un plan strictement sexuel.

Schopenhauer eut une première liaison en 1817, avec
une chambrière de Dresde, qu'il mit bientôt enceinte.
Épouvanté, il s'enfuit en Italie et chargea sa sœur de dé-
dommager la jeune femme : « La jeune fille dont tu me
parles me fait pitié. J'espère que tu ne l'as pas trompée. Tu
dis la vérité à tout le monde. » Adèle s'indigne : « Pourquoi ne la dirais-tu pas à cet être sans défense [85] ? » La
jeune femme accoucha d'une petite fille qui mourut quelques mois plus tard. Ignorant tout de la nature des liens
existant entre la chambrière et son frère, Adèle écrivit, at-
tristée : « Je regrette que la fille soit morte, car si l'enfant
avait vécu, il t'aurait procuré mainte joie, tu n'aurais pas
été aussi seul, tu aurais eu à t'occuper de quelqu'un [86]. »

Schopenhauer eut une seconde liaison à Berlin avec
Caroline Meudon, mondaine et semi-prostituée, qu'il
entretint de 1821 à 1831 et dont il eut en mai 1822 un
enfant. Mais il ne tarda pas à critiquer la légèreté pourtant célèbre de son amie. Il en résulta alors une série de

brouilles et de réconciliations qui ne prit fin qu'avec le départ de Schopenhauer pour Francfort en 1831. Caroline se mit en quête d'un nouveau protecteur. Elle semblait l'avoir trouvé en la personne d'un certain Roland qui, très épris, voulut l'épouser ; mais, atteinte d'une méningite, elle se mit à délirer et à l'appeler du prénom d'Arthur *. Le prétendant s'enfuit et ne revint jamais.

Rétablie, Caroline Meudon mena une existence médiocre, écrivit encore quelques lettres à Schopenhauer pour lui réclamer de l'argent [87], jusqu'à ce que son fils fût majeur et l'entretînt à son tour.

L'appétit sexuel de Schopenhauer, ne s'étant pas affaibli avec l'âge, le fera même dans sa vieillesse rabrouer violemment par les jeunes filles de Francfort. S'étant déclaré à l'une d'elles, il se vit répondre : « Trop vieux. » Il se consola avec une autre qu'il appela « sa petite liaison très nécessaire [88] ».

Entre ses aventures, Schopenhauer connaît de fréquentes périodes de solitude et l'absence de partenaire le fait méditer avec rage sur la présence obsédante de l'appétit sexuel :

> L'appétit sexuel est partout tacitement supposé, comme inévitable et nécessaire, et n'est pas, à l'exemple des autres désirs, affaire de goût et d'humeur, car il est le désir qui forme l'essence même de l'homme. En conflit avec lui, aucun motif n'est assez sordide pour se flatter d'une victoire certaine : il est la pensée et l'aspiration quotidienne du jeune homme et souvent du vieillard, l'idée fixe qui occupe toutes les heures de l'impudique et la vision qui s'impose sans cesse à l'homme chaste [89].

Situation qui l'obsède et qu'il vit sur le mode du complexe (« Quant aux femmes, si seulement elles avaient

---

* « Pendant ma maladie, j'ai perdu Roland (mon prétendant) car notre bonne me raconte que j'appelais tout le monde Arthur, y compris le docteur. » Elle ajoute, hautaine : « La perte ne m'attriste pas » (*Schopenhauer Jahrbuch,* n° 55, p. 49).

voulu de moi [90] ! »), ou qu'il semble résoudre sous forme d'une homosexualité confuse :

> Vous dites aussi qu'une femme accomplie est plus belle qu'un homme accompli. Qu'est-ce que cela ? Une confession naïve de votre instinct sexuel. Vous ferez sourire les vrais connaisseurs et les envieux se moqueront de vous. On peut même vous exposer des raisons sérieuses tirées de la structure de l'homme et de la femme. Il n'y a sous ce rapport aucune différence entre l'espèce humaine et les espèces animales : le lion, le cerf, le paon, le faisan, etc. Le sexe faible est le second à tous les égards. Attendez que vous ayez mon âge et vous verrez quelles impressions vous feront ces petites personnes courtes sur jambes et longues de buste. Même leur visage ne peut se comparer à celui d'un beau jeune homme et elles n'ont pas l'énergie du regard [91].

En lisant l'œuvre de Schopenhauer, Nietzsche ne s'est pas trompé de diagnostic. Problème d'une forte personnalité intellectuelle marquée par une sexualité mal refoulée. « Il veut être délivré d'une torture [92] », dit Nietzsche. Torture que Schopenhauer évoque en termes humoristiques, reprenant les boutades de Byron :

> Plus je vois les hommes, moins je les aime ; si je pouvais en dire autant des femmes, tout serait pour le mieux [93].

D'où le besoin de rédemption et de libération des tyrannies du désir, et sa fascination pour l'ascétisme des hindous :

> Son corps sain et fort exprime par ses organes de reproduction le désir sexuel, mais lui [l'ascète] nie la volonté et donne à son corps un démenti ; il refuse toute satisfaction sexuelle à n'importe quelle condition. Une chasteté volontaire est le premier pas sur la voie de l'ascétisme ou de la négation du vouloir-vivre.

Ou encore :

> L'ascétisme se manifeste encore dans la pauvreté volontaire et intentionnelle [...]. La pauvreté est pro-

prement son but, il veut s'en servir pour mortifier la volonté, pour empêcher que jamais plus elle ne se redresse, excitée par un désir ou par quelqu'une des douceurs de la vie. Car cette volonté, il l'a prise en horreur depuis qu'il l'a reconnue en lui-même, [...] il foule aux pieds exprès ses désirs, il se contraint à ne rien faire de ce qui lui plairait et de faire tout ce qui lui déplaît, n'y eût-il à en attendre que ce seul résultat de contribuer à la mortification de la volonté [94].

Vengeance à l'égard d'un instinct qui n'est pas assouvi, « où les mortifications sont recherchées à l'égal d'une jouissance [95] », dit encore Nietzsche. Les expressions de cette vengeance abondent dans l'œuvre de Schopenhauer : culpabilisation de l'acte sexuel, accusé de servir le génie de l'espèce :

L'individu agit ici sans le savoir pour le compte de l'espèce qui lui est supérieure [96].

Sarcasmes sur le badinage amoureux où l'appétit de vengeance se dissimule mal :

Au milieu de ce tumulte, nous apercevons les regards des deux amants qui se rencontrent ardents de désir : pourquoi cependant tant de mystère, de dissimulation, de crainte ? Parce que ces amants sont des traîtres dont les aspirations secrètes tendent à perpétuer toute cette misère et tous ces tracas, sans eux bientôt finis et dont ils rendront le terme impossible comme leurs semblables l'ont déjà fait avant eux [97].

Railleries innombrables sur le mariage, rapportées par Gwinner : dépenses, soins des enfants, entêtements, caprices, vieillesse ou laideur au bout de quelques années, tromperie, cocuage, lubies, attaque d'hystérie, amants, etc. *

---

* Aussi Schopenhauer, face à ce cauchemar qu'est le mariage, préconise-t-il le ménage à trois pour briser le huis clos amoureux (qui grâce au renfort de l'amant devient supportable) et faire échec au génie de l'espèce (les enfants seront élevés en commun sans qu'on connaisse les parents biologiques).

Cette tension sexuelle ne fait qu'aggraver un état d'angoisse permanent dont se plaint souvent Schopenhauer :

> Et même quand il ne se produit pas d'excitation particulière, je porte constamment en moi une inquiétude intime qui me fait voir et chercher partout des dangers où il n'y en a pas. Elle me grandit à l'infini la moindre contrariété et me rend d'une difficulté extrême le commerce avec mes semblables [98]

et dont les extériorisations phobiques sont nombreuses :

— Peur d'agression nocturne : il ne dort que pistolets à portée de main.

— Peur de la contagion – méfiance à l'égard des fournitures hôtelières : il ne se défait jamais d'un verre personnel.

— Peur de l'incendie : il n'habite que des chambres situées au premier étage.

— Peur de l'indiscrétion : dissimulation de papiers secrets sur lesquels est relevé de façon codée l'état de sa fortune.

— Peur des maladies vénériennes : il est hanté par la contagion syphilitique.

— Peurs variées et non répertoriables : hantise d'être enterré vif, superstitions innombrables, etc.

Abandon des études commerciales
Gotha, Weimar

Arthur Schopenhauer traverse à la mort de son père une des périodes les plus sombres de son existence :

> Ce deuil accrut ma tristesse qui dégénéra, peu s'en faut, en maladie noire [99].

Rapidement consolée, Johanna s'est installée à Weimar. Demeuré seul à Hambourg, Schopenhauer s'occupe d'études qui ne l'intéressent pas et exprime sa tristesse en de longues rêveries romantiques, tout empreintes de nostalgie platonicienne :

> Qu'est-ce qui serait plus souhaitable
> Que de vaincre complètement

Cette vie vide et pauvre
Qui ne nous permet de réaliser aucun désir
Même si le désir nous emplit le cœur ?
Comme il serait beau de traverser
Ce désert de la vie d'un pas léger et doux
De sorte que le pied ne touche nulle part la poussière
Et que l'œil ne se détourne pas du ciel [100].

■ Vue de Weimar.
Gravure. (Berlin,
coll. part.)

Il lit la théorie générale de Shulzer, les écrits sur la musique de Wackenroder dont certaines idées préfigurent lointainement sa théorie sur la musique. Pour rompre sa solitude et son ennui, il écrit même à sa mère avec laquelle il semble pactiser. On est aux lendemains de la bataille d'Iéna. Johanna décrit à son fils les horreurs de la guerre. Celui-ci répond sur un ton désespéré :

L'oubli d'un désespoir passé est un trait si étrange de la nature humaine qu'on ne le croirait si on ne le constatait pas. Tieck l'a magnifiquement exprimé dans les mots suivants : « Nous nous lamentons et demandons aux étoiles qui a jamais été plus malheureux que nous, alors que derrière nous se profile déjà l'avenir moqueur qui se rit de la douleur passagère de l'homme. » Et il en est toujours ainsi. Rien n'est fixe dans la vie passagère, ni douleur infinie, ni joie éternelle, ni impression permanente, ni enthousiasme durable, ni décision importante qui tiendrait pour la vie. Tout se dissout dans le courant du temps, les minutes, les innombrables atomes des plus infimes fragments sont les vers rongeurs qui dévastent tout ce qu'il y a de grand et de hardi. On ne prend rien au sérieux dans la vie humaine parce que la poussière n'en vaut pas la peine. Pourquoi des passions dureraient-elles éternellement pour ces misères [101] ?

À Weimar, Johanna s'est rapidement assuré un succès mondain : « Le cercle qui se forme autour de moi le dimanche et le jeudi n'a pas son pareil dans toute l'Allemagne ! Que ne puis-je d'un coup de baguette te transporter ici ! Goethe se sent bien chez moi et vient souvent [...]. C'est l'être le plus parfait que je connaisse, même dans son extérieur : une belle taille droite et haute ; beaucoup de soin dans son habillement, toujours noir ou bleu foncé ; les cheveux arrangés avec goût et d'une manière conforme à son âge ; enfin, une figure expressive avec des yeux bruns à la fois doux et pénétrants. Il embellit beaucoup quand il parle et alors on ne peut assez le regarder. Il cause de tout, a toujours quelque anecdote à raconter et ne s'impose nullement par sa grandeur : il est sans prétention comme un enfant [102]. » Le 28 mars 1807, Schopenhauer écrit à sa mère et lui fait part de son désir d'abandonner le commerce pour entreprendre des études classiques, malgré la promesse faite naguère à son père ! Elle lui répond favorablement : « Je me suis réservé cette journée pour pouvoir répondre en détail à tes plaintes et à tes désirs. À moi aussi, mon cher Arthur, la chose me tient à cœur. J'y ai beaucoup réfléchi et cependant je ne suis arrivée à

■ Arthur
Schopenhauer,
par Ludwig
Sigismund Ruhl,
1815. (Francfort-sur-
le-Main, Stadt und
Universitätsbibliothek.
Schopenhauer
Archiv.)

aucun résultat satisfaisant, tant il est difficile de se mettre par la pensée dans la situation d'un autre, là surtout où il y a une différence de caractère. Tu es irrésolu par nature, moi trop prompte peut-être et trop portée à choisir, entre deux issues, celle qui paraît la plus étrange. C'est ce que j'ai fait en venant m'établir à Weimar où j'étais une étrangère, au lieu de retourner, comme la plupart des femmes l'auraient fait, à ma place dans ma ville natale, où j'aurais retrouvé des parents et des amis [...]. Serait-il possible que tu aies manqué ta vocation ? Il faut dans ce cas que je mette tout en œuvre pour te sauver. Je sais ce que c'est de vivre contrairement à ses goûts. [...] Il s'agit du bonheur de ta vie et de la joie de mes vieux jours, car ce n'est que de toi et de ta sœur que je puis attendre encore une compensation pour ma jeunesse perdue [103]. »

Arthur vient à Gotha et se met à l'étude du latin mais publie un poème ironique sur un de ses professeurs et doit quitter l'établissement après quelques mois. Johanna met alors son fils devant un choix : continuer ses études à Hambourg ou prendre des leçons particulières à Weimar. Schopenhauer opte pour la seconde solution.

À Weimar, il loge chez un helléniste et apprend le grec. Il conservera de ces études le goût des « références grecques » dont il truffera *le Monde comme volonté et comme représentation*. Il traverse alors une période romantique, se lève la nuit pour écrire des poèmes frénétiques :

La longue nuit d'hiver ne veut jamais finir
Le soleil tarde comme s'il ne devait plus jamais apparaître
La tempête rivalise de hurlements avec les oiseaux de nuit
Les armes cliquettent sur les murs vermoulus
Et les tombeaux ouverts laissent échapper leurs spectres.
Ils veulent, répartis en cercle autour de moi,
Effrayer tant mon âme que jamais plus elle ne guérisse
Mais je ne veux tourner mes regards vers eux.
Le jour, le jour, je veux l'annoncer à voix haute
Nuit et spectres s'enfuiront devant lui
L'étoile du matin déjà l'annonce

Bientôt le jour éclairera les gouffres les plus profonds
Le monde se couvrira de lumière, de couleurs
Un bleu profond fera étinceler les lointains infinis [104].

Romantisme qui se manifeste également dans sa tenue vestimentaire. Sur les gravures d'époque, il arbore la redingote et le gilet des romantiques. Peint par Ruhl, son visage ressemble un peu à celui de Byron : cheveux blonds bouclés, yeux bleu d'acier, front large, nez volontaire, bouche épaisse. Romantique aussi le chagrin d'amour qu'il vit à cette époque. Avant de quitter Weimar, il brûla d'un amour platonique pour Caroline Jagemann, actrice du Grand Théâtre et maîtresse du duc Charles-Auguste. Il lui dédia même un poème d'amour, le seul qu'il écrivit de sa vie :

■ Caroline Jagemann. (Francfort-sur-le-Main, Stadt und Universitätsbibliothek. Schopenhauer Archiv.)
Se souvenant de Caroline Jagemann, Schopenhauer écrira : « Un amoureux transi et sans espoir peut encore comparer épigrammatiquement sa belle inhumaine au miroir concave, qui comme celle-ci brille, enflamme et dévore, mais reste en même temps froid lui-même. » *Parerga et Paralipomena.*

Le chœur parcourt les ruelles
Nous nous trouvons devant ta maison
Mon mal se changerait en joie
Si tu regardais par la fenêtre

Le chœur chante dans la ruelle
Les pieds dans l'eau et dans la neige
Enveloppé dans un manteau léger
Je regarde vers ta fenêtre.

Le soleil est caché par les nuages
Mais la lueur de tes yeux
Me remplit dans cette froide matinée
D'une chaleur divine

Ta fenêtre est cachée par le rideau
Tu rêves sur un coussin de soie
Du bonheur d'un amour futur
Connais-tu le jeu du destin ?

Le chœur parcourt les ruelles
C'est en vain que mon regard reste
Le rideau cache le soleil
Ma destinée est obscurcie par les nuages [105].

■ Pierre-Jean-Georges Cabanis, médecin (1757-1808). (Paris, bibl. de la Faculté de médecine.) Schopenhauer lut *Rapports du physique et du moral* quand il était étudiant en médecine. Le philosophe approuve la théorie de la « vie affective » de Cabanis. Il retrouve la volonté dans cette « sensibilité sourde et diffuse, contemporaine de la vie, antérieure et étrangère au moi, et dont le siège est dans les organes internes ».

Caroline Jagemann, très amoureuse de Charles-Auguste, ne répondit jamais à Schopenhauer.

1809. L'université. Göttingen
Influence de Kant, Platon, Fichte

En octobre 1809, Schopenhauer va à Göttingen et se fait inscrire en faculté de médecine, où il suit assidûment les cours et fréquente les salles de dissection. On trouve maint écho des connaissances acquises à cette époque dans *le Monde comme volonté et comme représentation* et surtout dans *la Volonté de la nature*. Il suit également les cours de physique, d'astronomie, de chimie et d'histoire.

Au printemps de 1810, il s'inscrit à la faculté de philosophie. Il découvre bientôt Platon, Kant, Aristote, et rencontre peu après le philosophe Schulze avec lequel il entretient un temps des relations amicales. Celui-ci

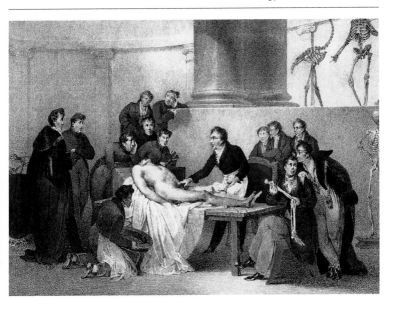

complète son initiation au kantisme. Mais le déisme que professe Schulze ne tarde pas à rebuter Schopenhauer qui rompt brutalement toute relation avec le philosophe et note sèchement en marge de ses cours : « La bête infâme, cette brute de Schulze [106]. » Il poursuit seul sa lecture de Kant et de Platon et reconnaît « que l'identité de ces deux grandes et obscures doctrines est une pensée infiniment féconde qui deviendra bientôt une base essentielle de ma philosophie [107] ». Son admiration va d'abord à Kant qu'il admirera toute sa vie et à qui il dédiera un poème :

■ Cours d'anatomie, 1826. Gravure de Bardel. (Paris, bibl. des Arts décoratifs.) Dans *La Volonté dans la nature*, Schopenhauer consacre un chapitre entier à l'anatomie comparée.

> Le jour où Kant disparut, il faisait un ciel si clair, / Si pur de nuages qu'on en a plus vu chez nous de pareils. / Seulement au zénith une petite vapeur mince et légère / Se leva dans l'azur du ciel. On raconte qu'un soldat, / Un passant sur le pont, l'observa longtemps et se mit à dire : / Voyez, c'est l'âme de Kant qui s'envole au ciel. / Je regardais vers toi dans le ciel bleu. / Je reste seul maintenant dans le tourbillon. / Pour me consoler,

■ Pages du livre
d'Emmanuel Kant
*Premiers Principes
métaphysiques de la
science de la nature*,
annotées par
Schopenhauer.

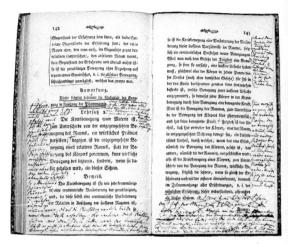

■ Fichte
(1762-1814).
« Fichte, quand
il produisait en
chaire ses talents
dramatiques,
aimait à répéter
avec un profond
sérieux, une vigueur
imposante et un air
qui abasourdissait les
étudiants : "Cela est
parce que cela est,
et cela est comme il
est, parce que cela
est ainsi". » *Parerga
et Paralipomena.*

j'ai ta parole, j'ai ton livre pour me consoler / Par toi,
j'essaie d'animer pour toi la solitude / Par tes mots si
pleins qui résonnent en mon âme / Car tous ceux qui
m'entourent me sont étrangers. / Le monde m'est
désert et la vie longue [108].

À Kant il emprunte globalement sa théorie de la
connaissance et applaudit à la distinction radicale « phénomène – chose en soi » :

Cette philosophie montre encore que le monde objectif tel que nous le connaissons n'appartient pas à l'essence des choses, mais qu'il n'en est que l'apparition ou
le phénomène, phénomène conditionné précisément
par ces formes qui résident *a priori* dans l'entendement
humain, autrement dit dans le cerveau. Par suite, le
monde objectif ne peut contenir autre chose que des
phénomènes [109].

Mais il nuance par la suite certains aspects de l'épistémologie kantienne (rejetant les douze catégories pour ne
garder que celle de causalité). Le reste de l'œuvre kantienne sera plus ou moins critiqué ou abandonné par

Schopenhauer entre 1810 et 1814, et la chose en soi « démasquée » et assimilée à la volonté.

Puis Schopenhauer entreprend une lecture de Platon dont il assimile hâtivement « l'idée » à « la chose en soi » kantienne (« L'idée de Platon, la chose en soi, la volonté, tout cela ne fait qu'un [110] », confesse-t-il).

L'université de Berlin
Schopenhauer auditeur de Fichte :
le cours sur la folie

De Göttingen, Schopenhauer se rend à Berlin, attiré par les cours de Fichte, « petit homme à la face rougeaude, au regard perçant et aux cheveux hérissés [111] » pour lequel il avait conçu à distance une admiration *a priori*. Les cours de Fichte sur la folie suscitent l'intérêt du jeune homme. Problème qui semble par ailleurs l'obséder depuis la mort de son père. Mais, alors que Fichte qualifie le fou de bestial, tout autres sont les réflexions de Schopenhauer qui, bientôt, a « l'envie de mettre un pistolet sur la gorge de Fichte [112] » et dont il évoque les cours en termes de « fouillis insensé, grossier procédé, contradiction, mauvais goût [113] ». Et, pensant à Fichte, il ajoute :

■ Hôtel de
l'université de Berlin.
(Paris. BNF.)

Ce n'est pas la folie, c'est la stupidité qui rapproche l'homme de l'animal [114].

Il consigne, dès 1814, ses réflexions sur ce sujet qui occupera plusieurs pages du *Monde comme volonté et comme représentation* :

> En observant souvent les fous, je ne trouve pas que ce soit ni leur raison (c'est-à-dire leur faculté de juger) ni leur entendement qui soient malades car ils sont souvent d'une sérénité, d'une humeur de saints et presque tous jouissent d'un grand contentement et d'une gaieté permanente. La folie ne surgirait-elle pas lorsque l'intelligence n'a plus de pouvoir sur la volonté ? La folie ne serait-elle pas un désarroi de la mémoire ? Car les fous reconnaissent presque toujours les choses présentes ; c'est pour cela que leur entendement est sain et qu'ils parlent et qu'ils comprennent comme il faut, qu'ils jugent et concluent tant qu'ils n'ont pas recours à la mémoire pour se rappeler des choses antérieurement dites ; la raison n'est donc pas malade, c'est seulement quant aux choses passées et aux choses absentes qu'ils font erreur [115].

■ *Kate devenue folle*, par Johann Heinrich Füssli. 1806-1807. (Francfort-sur-le-Main, Goethe Museum.) « De violentes douleurs morales occasionnent fréquemment la folie si cette douleur, si le chagrin causé par cette pensée ou par ce souvenir est assez cruel pour devenir absolument insupportable et dépasser les forces de l'individu ; alors la nature prise d'angoisse recourt à la folie comme à sa dernière ressource. » *Suppléments au Monde comme volonté et comme représentation,* II, ch. XXXII. « La vraie santé de l'esprit consiste dans la perfection de la réminiscence. » *Le Monde comme volonté et comme représentation.*

Notes de jeunesse, rédigées en 1814, qui seront reprises point par point et détaillées au troisième livre du *Monde comme volonté et comme représentation* ainsi que dans les *Suppléments*. Si le fou est incapable de cohérence logique, c'est qu'il existe dans l'ordre de ses souvenirs une lacune qu'il ne veut pas combler. Conception tout à fait révolutionnaire et superposable à celle de Freud et dont celui-ci a reconnu lui-même l'évidente affinité. « À coup sûr, lorsque je conçus cette doctrine du refoulement, mon indépendance était entière. Aucune influence ne m'avait que je sache incliné vers elle. Je tiens donc mon idée pour originale, jusqu'au jour où O. Rank me montra dans *le Monde comme volonté et comme représentation* de Schopenhauer le passage où le philosophe s'efforce d'expliquer la folie [116]. »

Rudolstadt, la thèse de doctorat

En 1813, la guerre d'indépendance éclate en Allemagne. Schopenhauer évite l'engagement et fuit Berlin pour gagner Rudolstadt, paisible bourgade de la forêt de Thuringe :

> Détestant les choses militaires, je jouissais dans cette vallée isolée de tous côtés par des défilés de n'avoir, en une époque aussi grossière, ni un soldat à voir, ni un tambour à entendre [117].

Là, il entreprend la rédaction de sa thèse, *la Quadruple Racine du principe de raison suffisante,* exposé sur la connaissance telle que la conçoit le jeune philosophe. D'où le titre choisi, la catégorie de causalité occupant dans toute épistémologie depuis Kant une place prépondérante *.

Novembre 1813. Le retour à Weimar

En novembre 1813, Schopenhauer retourne à Weimar. Le salon de Johanna est devenu le plus fréquenté de la ville. « Tous les soirs, je réunis chez moi les personnes que je connais. Je leur offre le thé avec des tartines de beurre, dans la plus stricte acception du mot [118] », dit-elle. Riemer, familier de Goethe, décrit l'appartement : « L'étage inférieur formé de trois pièces communicantes est meublé avec beaucoup d'élégance et de goût. De chauds tapis couvrent le parquet, des rideaux de soie garnissent les fenêtres, de grandes glaces occupent les panneaux et l'on voit partout des meubles en acajou. Cela frappe d'autant plus qu'on trouve ici peu d'ameublements élégants à la mode. On entre par la pièce du milieu. Le thé est servi à droite, à gauche et au milieu se tiennent les hommes ; les dames sont réunies autour de la table à thé. On se communique les nouvelles. On

■ Diplôme de docteur en philosophie de Schopenhauer, octobre 1813. (Francfort-sur-le-Main. Stadt und Universitätsbibliothek. Schopenhauer Archiv.)

---

* Schopenhauer vient de lire Hegel : « Je vous renvoie la *Logique* de Hegel en vous remerciant, je ne l'aurais pas gardée si longtemps si je n'avais pas su que vous la lisiez aussi peu que moi », écrit-il à Fromman.

parle politique et littérature, on joue du clavecin, on chante. On arrive à six heures et on se retire à huit. »

Goethe vient tous les jours : « Il a sa table à lui dans un coin, avec tout ce qu'il faut pour dessiner, dit Johanna. C'est Meyer qui m'a donné cette idée. Il s'installe là quand il en a envie et improvise de petits paysages à l'encre de Chine, légèrement esquissés mais vivants et vrais comme lui-même et tout ce qu'il fait. » Le poète anime les soirées en jouant ses propres pièces. « Il s'anime trop, il déclame et dans les scènes de combat, c'est un tapage comme à Drury Lane. Il joue chaque rôle, quand le rôle lui plaît, aussi bien qu'il est possible de le jouer, en étant assis […] ; ce qui le frappe, il le voit aussitôt devant lui, à chaque scène il ajoute le décor [119]. » Comme la mode est aux revenants, Goethe raconte certains soirs des histoires de fantômes. Dans un coin, Adèle Schopenhauer fait du découpage. C'est une jeune fille solitaire, au physique ingrat, dont Gwinner a fait une description : « L'aspect extérieur d'Adèle n'avait pas de points communs avec ceux de la mère et du frère. Elle était très grande, avec des épaules étroites ; ses yeux bleus sortaient beaucoup des orbites ; ses cheveux étaient soyeux et épars ; ses dents, d'une blancheur éclatante, étaient facilement visibles derrière la lèvre supérieure courte. »

Dans le salon de Johanna, on rencontre Maier, l'orientaliste, Fernow, Werner, jeune romancier ami de Goethe. C'est un personnage excentrique, au long corps toujours en mouvement, au regard inquiet, aux manières impossibles, jouant toujours avec un mouchoir. Un soir, les invités de Johanna, étonnés de son absence, envoient une jeune domestique le chercher à son domicile. La jeune fille

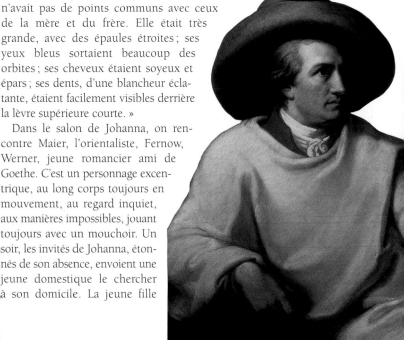

■ *Goethe dans la campagne romaine, par* Johann H. Tischbein. (Francfort-sur-le-Main, musée Goethe.)

revient terrorisée et raconte que Werner a tenté de la violenter. Ces scènes, qui amusent Johanna et ses invités, exaspèrent Schopenhauer. Exaspération accentuée par la présence, sous le toit de sa mère, de Müller dit de Gerstenbergk, conseiller du gouvernement aux archives secrètes de Weimar, devenu l'amant en titre de Johanna. Au milieu de cette fête continuelle, Schopenhauer passe, le front sévère, la lèvre sarcastique, s'isole dans l'embrasure des fenêtres, et lorsqu'on tente de le faire participer aux conversations, il contredit systématiquement les invités. Johanna a rapporté plusieurs de ces scènes, notamment dans *la Tante,* roman publié en 1823, où elle met en scène son fils sous les traits de Lothario. La société devisant sur les vertus, on en vient à parler de la reconnaissance et de la magnanimité. Lothario ne se maîtrise plus : « La reconnaissance, s'écrie-t-il, n'est rien d'autre qu'une mauvaise habitude, on pourrait même l'appeler un vice. Celui qui l'attend d'un autre pour un petit service est comme un marchand d'esclaves qui croit, avec une pièce d'or, s'être acheté une âme. Mais celui qui se croit obligé à tout jamais envers quelqu'un qui l'a sauvé des flammes est un faible d'esprit, car il ne se rend pas compte que son sauveur est déjà récompensé par la joie éprouvée après son exploit. » Johanna souligne que Lothario exprime de telles opinions, mélange de vérités et de non-sens, dans le seul but de paraître génial. La société protestant contre sa théorie, Lothario entreprend de l'étayer par une curieuse histoire qu'il affirme véritable : « Un jeune homme, sur le point de se retirer dans ses terres pour y améliorer le sort de ses gens tombés dans la misère, apprend que son frère qui vit loin de lui, à Rome, est amoureux d'une fille dont les parents n'accorderont la main qu'à un jeune homme très riche. Touché par les complaintes de son frère amoureux, il lui cède son droit d'aînesse (et devient chevalier de Malte à la place de son cadet) afin de permettre le mariage. Cette prétendue magnanimité est non seulement une folie, poursuit Lothario, mais aussi une injustice envers les pauvres sujets qui espéraient tout du

■ Arthur
Schopenhauer, par
Karl Friedrich Kaaz,
1809. (Francfort-sur-
le-Main, Stadt und
Universitätsbibliothek.
Schopenhauer Archiv.)

■ *Œuvres complètes*
de Johanna
Schopenhauer.
Page de titre
du premier volume.
(Leipzig, 1834.)

Sämmtliche Schriften

von

Johanna Schopenhauer.

Erster Band.

Carl Ludwig Fernow's Leben.

Erster Theil.

Wohlfeile Ausgabe.

Leipzig: F. A. Brockhaus.
Frankfurt a. M.: J. D. Sauerländer.

1 8 3 4.

■ Johanna
Schopenhauer,
par Gerhard von
Kugelgen, 1814.
(Weimar, Nationale
Forschungs und
Gedenkstätten der
klassischen deutschen
Literatur.)

frère aîné. La magnanimité doit céder le pas à la justice envers les proches [120] », conclut Lothario devant ses auditeurs ébahis.

Contrariée par ces scènes, Johanna énumère ses reproches, comme elle l'avait déjà fait en 1807 : « Tes doléances, sur des choses inévitables, tes mines farouches, tes jugements bizarres qui tombaient de ta bouche comme des oracles et qui ne souffraient point de répliques… » Elle lui rappelle ses mises en garde passées : « À mes jours de réception, tu dîneras chez moi si tu veux réprimer ta fâcheuse envie de disputer, qui me contrarie, et t'abstenir de tes éternelles lamentations sur la sottise humaine et les misères de ce monde, qui me donnent de mauvais rêves et m'empêchent de dormir. Rappelle-toi, mon cher Arthur, les visites que tu m'as faites : il en est résulté chaque fois des scènes vives pour des riens et je ne respirais librement qu'après ton départ... » Elle souligne enfin leurs différences de caractères : « Ton humeur chagrine aussi m'est à charge et trouble ma gaieté habituelle [121]. »

Les disputes sont fréquentes. Tous les sujets sont bons. À propos de *la Quadruple Racine du principe de raison suffisante,* prenant le mot racine dans un sens dentaire, Johanna déclare : « C'est quelque chose pour les pharmaciens. » Schopenhauer réplique :

> On lira encore ces œuvres lorsqu'on pourra à peine trouver l'une des tiennes dans un débarras [122] !

« Mais toi, on pourra en trouver l'édition tout entière », conclut Johanna. Bientôt, les heurts se font plus violents. Schopenhauer s'en prend directement à Müller avec qui il échange force insultes puis se barricade au premier étage avec un ami, Joseph de Gans, appelé en renfort. Müller *, dans une lettre, évoque en termes grossiers les rapports de Schopenhauer avec son ami : « Il y a le philosophe qui mène son existence universelle, il se paie *(verschreiben)* un petit juif de Berlin qui est son ami parce que tous les jours il prend patiemment sa petite dose de laxatif objectif [123] » (allusion à *la Quadruple Racine du principe de raison suffisante*).

À la demande de Johanna, on correspond par lettre d'un étage à l'autre : « Depuis notre dernier et fâcheux entretien, j'ai résolu que nous ne traiterions plus verba-

---

* Par la suite, Johanna voulut que sa fille épouse son amant. Ce qu'Adèle refusa. Le 20 février 1817, celle-ci note dans son journal : « Bien que je sois calme, je sais trop bien ce qui m'attend. Le plus sage serait de l'épouser. Mais je ne peux pas. Hier, on m'a martyrisée si fort que j'en tremble encore. » Et, le 4 mars 1817 : « Gerstenbergk m'a poussée à bout. Si je l'épouse, je le fais pour ne pas traîner pendant toute ma vie un sentiment de culpabilité. Parce que je ne pourrais pas supporter d'avoir détruit le bonheur de ma mère. » (*Schopenhauer Jahrbuch*, n° 58, p. 135, 136.)

lement aucune affaire agréable ou désagréable parce que ma santé en souffre [124]. » Schopenhauer exige le départ de Müller. Johanna admet les fautes de son ami : « Je ne m'étendrai plus sur ces incidents entre toi et Müller, nous en avons déjà trop parlé ; je n'étais pas contente de toi ni de lui, je le lui ai dit comme à toi. Il a reconnu qu'il avait eu tort de t'insulter en ma présence, il a demandé pardon et la chose a été classée entre lui et moi [125] », mais refuse énergiquement son départ : « Moi je vous connais l'un et l'autre, chacun m'est cher à sa manière. Aucun dans mon esprit ne porte préjudice à l'autre, je ne sacrifierai aucun des deux à l'autre [...]. Pourquoi m'arracherais-je à un ami qui m'est fidèle et secourable, qui me rend l'existence agréable et dont beaucoup de gens dignes d'estime reconnaissent comme moi les bonnes qualités ? Uniquement parce que dans un emportement de colère, dans la surexcitation de l'amour-propre, il s'est mal comporté envers toi qui, du reste, n'étais pas aimable envers lui. Je mets cela sur le compte de l'antipathie naturelle qui existe entre vous et contre laquelle vous-mêmes ne pouvez rien [126]. »

Bientôt, la séparation devient inévitable. Schopenhauer l'envisage d'autant plus facilement « qu'un jeune ami est prêt à [le] suivre où [qu'il] aille [127] ». Après un dernier ultimatum, Johanna congédie son fils : « Quand tu auras décidé ton départ, dis-le-moi, mais ne te presse pas, je n'ai pas besoin de le savoir longtemps à l'avance [128]. » Schopenhauer quitte sa mère qu'il ne reverra jamais. Pendant son séjour à Weimar, il fit dans les salons de sa mère deux rencontres capitales pour la rédaction de son œuvre future : celles de Maier et de Goethe. De l'une résultera l'élaboration du *Monde comme volonté et comme représentation,* de l'autre la rédaction de l'*Essai sur les couleurs.*

1813. Rencontre et influence de Frédéric Maier

C'est à la fin de 1813, au terme de son dernier séjour à Weimar, que Schopenhauer rencontra Frédéric Maier, personnage curieux, conseiller de délégation de la prin-

■ Au premier plan, pages du livre de Schopenhauer *De la vision et des couleurs,* annotées par le philosophe. Schopenhauer fait de la perception des couleurs un problème purement physiologique, lié à l'activité rétinienne. Ce qu'il résume dans une boutade en allant jusqu'à dire que la lumière ne serait pas si nous ne la voyions pas. Ce à quoi Goethe répliquait : « Non, vous ne seriez pas, si la lumière ne nous voyait. »

■ À l'arrière-plan, Johann Wolfgang von Goethe : *La Théorie des couleurs,* 1810, volume 3, planche XII.

cipauté de Reiss, devenu au hasard des rencontres de salon l'ami de Johanna. Maier n'était qu'un amateur à qui les relations avec Herder avaient donné quelques connaissances sur la littérature des peuples orientaux. Au cours de conversations Maier initie Schopenhauer au brahmanisme et au bouddhisme. Il lui prête force ouvrages parmi lesquels l'*Oupnekat* (c'est-à-dire les *Upanishads*) d'Anquetil-Duperron, la *Mythologie des Hindous* de Mme de Polier, l'*Asiatisches Magazin* de Klaproth. Ce sont ces lectures et conversations qui marquent profondément le jeune philosophe et dont l'influence ne tarde pas à se faire sentir. Influence dont Schopenhauer tantôt refoule et minimise l'importance :

> Si je voulais voir dans les résultats de ma philosophie la mesure de la vérité, je devrais mettre le bouddhisme au-dessus de toutes les autres religions. En tout cas, je me réjouis de constater un accord si profond entre ma doctrine et une religion qui, sur terre, a la majorité pour elle, puisqu'elle compte plus d'adeptes qu'aucune autre. Cet accord m'est d'autant plus agréable que ma pensée philosophique a certainement été libre de toute influence bouddhiste, car jusqu'en 1818, date de la parution de mon ouvrage, nous ne possédions en Europe que de rares relations insuffisantes et imparfaites sur le bouddhisme. Elle se bornaient presque entièrement à quelques dissertations, parues dans les premiers volumes des *Asiatic Researches* et concernaient principalement le bouddhisme des Birmans [129].

Tantôt semble la reconnaître :

> Je ne crois pas, je l'avoue, que ma doctrine aurait pu se constituer avant que les *Upanishads,* Platon et Kant aient pu jeter ensemble leurs rayons dans l'esprit d'un homme [130] (aveu réitéré dans une lettre à Édouard Erdmann).

Aveu qui n'est pas sans importance puisque Schopenhauer concède aux hymnes de l'Inde la même importance dans la genèse de son œuvre que celle qu'il accorde à la lecture de Kant et de Platon. Et cela deux ans avant la rédaction du *Monde comme volonté et comme représentation.*

VISION DU MONDE

Dresde

En 1814, Schopenhauer s'installe à Dresde pour méditer la rédaction du *Monde comme volonté et comme représentation* :

> Les feuilles écrites à Dresde témoignent de la fermenta-
> tion de ma pensée. Toute ma philosophie en est sortie
> alors, en se dégageant peu à peu comme un beau paysage
> sort des brouillards du matin. Il est remarquable que, dès
> 1814, tous les dogmes de mon système s'établissent [131].

■ *Vue du pont de
Dresde au clair
de lune,* par Johann
Christian Clausen
Dahl, 1839. (Dresde,
Gemäldegalerie.)

Zum ersten Buch.

Der Leser hüte sich, die krummen Striche, durch welche ich die über den Rand hinausgelaufenen Worte der Zeile ankake, für Unterstrichen anzusehen.

Die Welt ist meine Vorstellung —

Depuis la lecture des *Upanishads*, Schopenhauer est devenu l'homme d'une seule pensée : celle du vouloir-vivre. Concept qui ne signifie pas, comme chez Descartes, le pouvoir de se déterminer indifféremment dans un sens ou dans un autre, mais englobe toutes les forces de la nature, qu'elles soient conscientes, semi-conscientes, inconscientes ou même aveugles comme la pierre. Aussi Schopenhauer parle-t-il d'une identité absolue de tous les êtres de la nature, issus du même vouloir-vivre qui demeure en soi aveugle et indéchiffrable ; et c'est précisément la raison de son caractère absurde :

> Ce qu'est la chose en soi, je ne l'ai pas dit, parce que je ne le sais pas [132].

De ce vouloir on ne peut donc rien savoir. Seul est connu son mode de manifestation : la répétition.

La rédaction de l'ouvrage, commencée en mars 1817, est achevée le même mois de l'année 1818. Schopenhauer annonce triomphalement la nouvelle à Brockhaus, son éditeur :

> Le livre qu'au prix d'un grand labeur j'ai rendu accessible à d'autres sera, j'en suis convaincu, un de ceux qui deviendront la source ou l'occasion de cent autres livres [133].

■ Ci-contre : Schopenhauer, *Le Monde comme volonté et comme représentation.* Page manuscrite.

■ *Vue de Florence depuis Bellosguardo,* par Thomas Smith. (Florence, Musée topographique.)

L'Italie

Brockhaus ne partageait pas l'enthousiasme de Schopenhauer : « Je crains de n'avoir imprimé que la maculature.
Puissé-je me tromper [134]. » Les événements devaient
lui donner pleinement raison. Schopenhauer, épuisé par
la rédaction de son ouvrage, s'embarque pour l'Italie le
23 septembre 1818.

Dès son arrivée à Florence, il est conquis par « les
feuilles vert sombre qui se découpent avec netteté sur le
ciel d'un bleu intense, sérieux et mélancolique. Voici
encore les oliviers, les vignes, les pins et les cyprès et les
innombrables petites villas qui semblent nager comme
des îlots dans le paysage ».

Il observe les Italiens, « gens mal famés, qui ont de si beaux visages et de si vilaines âmes » et dont « l'infinie jovialité est peinte sur tous leurs traits ». Il les dépeint « si fins et si rusés qu'ils savent même prendre des airs honnêtes et pourtant ils sont si franchement perfides et imprudents qu'on les admire sans penser à se fâcher contre eux ». Il note encore :

> Leurs voix sont terribles, si un seul homme se mettait à crier dans les rues de Berlin comme des milliers d'autres le font ici, toute la ville se rassemblerait, mais sur les théâtres leurs trilles font plaisir à entendre [135].

Gourmand, il apprécie « les figues, les raisins, les citrons dont les tiges sont encore garnies de leurs

VISION
DU MONDE

■ Les artistes allemands au café le Greco à Rome, par Carl Philipp Fohr. (Francfort-sur-le-Main, Städelsches Kunstinstitut und Städtische Galerie.)

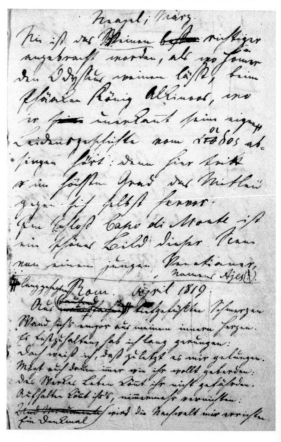

■ Schopenhauer,
page du *Journal
de voyage*,
1818-1819. (Berlin,
Staatsbibliothek
preussischer
Kulturbesitz.)

feuilles ». Il fréquente quelques salons « et voit avec
une clarté parfaite combien la vie des grands vue de
près est misérable et comme l'ennui les martyrise quelques efforts qu'ils fassent pour s'en garantir [136] ».

Schopenhauer a aussi tout loisir « d'étudier les œuvres
d'art réunies à Florence ». À Rome, il entre en contact
avec des artistes allemands. Les Allemands préfèrent les
sujets bibliques (en poésie comme en sculpture). Schopenhauer affiche un goût prononcé pour la mythologie
grecque. Des disputes vont éclater et la rupture défini-

tive avec ses compagnons aura lieu au café le Greco.
Alors que Schopenhauer vante les mérites de la mythologie grecque, il est interrompu par un sculpteur :
« Nous avons pour cela les douze apôtres ! – Laissez-moi
donc, réplique Schopenhauer, avec vos douze philistins
de Jérusalem [137] ! » Schopenhauer est expulsé du café.

Solitaire, il fréquente alors les musées, perfectionnant
sa culture artistique et couvrant un journal de notes
portant sur les sujets les plus divers : architecture, sculpture, peinture, etc. De ces notes naîtront les suppléments au livre III du *Monde comme volonté et comme
représentation*. Tous les exemples que Schopenhauer
prend pour illustrer sa théorie des beaux-arts sont directement puisés dans ce journal.

Schopenhauer s'apprêtait à quitter l'Italie lorsqu'une
nouvelle venue de Dantzig précipita son départ. La maison Muhl et Cie, où étaient déposées sa fortune ainsi que
celle de sa mère et de sa sœur, avait suspendu ses paie-
ments. Il apprit bientôt qu'elle était en faillite. Muhl
offrait à ses créanciers un dividende de 30 %. Adèle et sa
mère acceptèrent. Schopenhauer refusa. Deux ans plus
tard, il recouvrait l'intégralité de sa fortune.

Berlin

À vingt-six ans, Schopenhauer avait terminé sa grande
œuvre. Il décida d'entrer dans la vie active :

> Ayant donc terminé mes années de voyage, je crois
> aujourd'hui pouvoir me conférer le grade de docteur et
> j'estime que tel ou tel pourra bien apprendre quelque
> chose de moi.

Il posa sa candidature afin d'obtenir un poste de professeur à Berlin. La faculté réunit un jury et convia
Schopenhauer à « un cours d'essai ». Au jury siégeait
Hegel, l'attendant de pied ferme. *La Quadruple Racine du
principe de raison suffisante* en main, il fut le premier à le
questionner. Il s'ensuivit ce curieux dialogue :

« HEGEL : Si un cheval se couche par terre en pleine
rue, qu'a-t-il comme motif ?

« SCHOPENHAUER : Le sol, qu'il trouve sous lui, sa fatigue et son état moral. Si le cheval se trouvait au bord d'un précipice, il ne se coucherait pas par terre.

« HEGEL : Vous comptez les réactions animales parmi les motifs. Aussi les battements du cœur, la circulation du sang : motifs !

« Schopenhauer répondit qu'il y avait une différence entre ces réactions vitales et les mouvements conscients du corps de l'animal, en se référant à la physiologie de Haller.

« HEGEL : Ce n'est pas ce qu'on entend par fonction animale.

« À ce moment, un professeur de médecine, le Dr Lichlenstein, interrompit Hegel : "Excusez-moi, cher collègue, mais je dois donner raison au Dr Schopenhauer. Dans le cas présent, notre science appelle ces fonctions fonction animale." [138] »

■ Pommeau
de la canne
de Schopenhauer.
(Francfort-sur-
le-Main, Stadt und
Universitätsbibliothek.
Schopenhauer
Archiv.)

Pendant ses cours, Schopenhauer ne ménagea pas la philosophie hégélienne. Mais la réputation du maître était solidement établie et Schopenhauer vit son auditoire baisser de semaine en semaine. Au cours du second semestre 1820, las de parler devant une salle à peu près vide, il décida d'arrêter ses cours et prit congé de ses auditeurs : un conseiller aulique, un dentiste, un écuyer, un commandant en retraite.

Un autre malheur survint peu après : excédé par ses déboires universitaires, Schopenhauer supportait mal la surveillance continuelle de ses allées et venues par ses voisines de palier. Un soir de nervosité, il bouscula violemment l'une d'elles. Une longue lettre raconte l'incident :

> Quand en rentrant je vis les trois salopes *[sic]*, je commençais par demander à notre bonne qui se trouvait parmi elles d'appeler la logeuse car c'est par elle que je voulais les faire chasser. En apprenant que la logeuse n'était pas à la maison, je leur dis qu'elles n'avaient pas le droit de demeurer ici et leur demandai donc de partir immédiatement. Les deux filles ne firent aucune difficulté. Seule « l'accusatrice » refusa, alléguant « son

honorabilité ». Je réitérai ma demande et rentrai dans ma chambre en lui signifiant qu'à ma prochaine sortie je ne voulais plus la retrouver. Au bout d'un moment, je ressortis. Je dois ici démentir l'accusation de mon accusatrice, disant que je serais sorti avec un bâton. Il s'agissait de ma canne. Je la tenais en rentrant comme en sortant car je croyais ressortir aussitôt, ce que je fis d'ailleurs. Aussi avais-je mon chapeau à chaque fois. Je redemandai à l'accusatrice de partir et lui offris mon bras pour la reconduire, ce que les témoins confirmeront. Elle refusa de partir. Enfin je menaçai de la jeter dehors, et comme elle me défiait, j'exécutai ma menace non en la serrant au cou ce qui est impensable, mais, comme il était plus facile, en la prenant à bras-le-corps. Et je la traînai dehors malgré sa résistance acharnée. Dehors, elle cria qu'elle porterait plainte contre moi et réclama ses affaires que je lui jetai. Mais comme un petit objet manquait, elle en profita pour pénétrer encore une fois dans mon entrée. C'est alors que je la rejetai dehors malgré sa violente résistance et les hauts cris qu'elle poussait pour ameuter toute la maison. Au cours de son expulsion, elle tomba mais le fit exprès je pense, car il est dans l'habitude de ces

■ Le quartier de Schopenhauer à Berlin, 1820-1822. (Francfort-sur-le-Main, Stadt und Universitätsbibliothek. Schopenhauer Archiv.)

■ Friedrich Schelling (1775-1854). Daguerréotype de Hermann Biow, 1848. « Schelling, digne pendant de Fichte, suivit bientôt la voie de son prédécesseur, qu'il quitta cependant pour proclamer sa propre découverte : l'identité absolue du subjectif et de l'objectif, ou l'idéal et le réel, impliquant que tout ce qui avait été séparé, avec un déplacement incroyable de perspicacité et de réflexion, par des esprits rares comme Locke et Kant, devait être fondu de nouveau dans la masse pâteuse de cette identité absolue. » *Parerga et Paralipomena*.

gens de se laisser tomber lorsque toute résistance active a échoué, afin de souffrir au maximum et d'avoir un chef d'accusation. Et les cris qu'elle fit entendre pouvaient le faire croire. Mais je déclare à présent faux et mensonger l'arrachage de sa coiffe, son évanouissement, le fait que je l'aurais piétinée et battue à coups de poing. C'est complètement faux et ceux qui me connaissent reconnaîtront *a priori* qu'une telle brutalité ne correspond pas à mes habitudes et est contraire à ma position sociale et à mon éducation. Je suis prêt à jurer que c'est faux. Ce qui est vrai, c'est qu'après avoir expulsé l'accusatrice, je ne l'ai plus touchée. Elle tomba et, en tombant, il est possible qu'elle ait perdu sa coiffe bien que je ne l'aie pas remarqué. Elle ne s'est pas évanouie, mais se releva aussitôt, s'assit sur une chaise et répéta qu'elle porterait plainte contre moi. C'est seulement alors que, poussé par la colère, je me mis à l'injurier. Si elle avait été évanouie, elle ne m'aurait pas entendu. Je ne l'ai pas non plus traitée de salope et de vieille conasse *[sic]* mais une fois de vieille salope. Je reconnais là mes torts mais rien d'autre [139].

L'incident ne fut pas clos. La demoiselle Marquet porta plainte pour coups et blessures (grâce à la complicité de son médecin de famille). Convoqué au tribunal, Schopenhauer se défendit énergiquement. Déboutée, Mlle Marquet fit appel et obtint la condamnation de Schopenhauer à une forte amende.

Un second voyage en Italie le consola de ses déboires universitaires et juridiques. De retour à Dresde puis à Berlin (où il fit encore de timides apparitions à la faculté), il rédigea ses *Aphorismes sur la sagesse dans la vie*, manuel de savoir-vivre où il consigna son art de vivre heureux. Le 24 novembre 1828, Schopenhauer écrivit à Brockhaus pour savoir où en était la vente de la première édition du *Monde comme volonté et comme*

représentation. La réponse ne se fit pas attendre. Il restait cent cinquante exemplaires en magasin. Quant aux ventes, elles étaient pratiquement nulles : « Pour tirer au moins quelque profit de ce qui reste, j'ai dû mettre la plus grande partie au rebut et ne conserver qu'un petit nombre d'exemplaires [140] », ajoutait plaintivement Brockhaus.

En 1831, le choléra s'abat sur Berlin. Chaque soir, les chars mortuaires débordant de cadavres passent sous les fenêtres de Schopenhauer. Les morts ne se comptent plus, Hegel est du nombre. Pris de panique, Schopenhauer boucle prestement malles et valises et prend la route pour Francfort. Il y demeurera jusqu'à sa mort.

Années de solitude

Mal remis de ses émotions, Schopenhauer s'installe à Francfort. Il dort mal, est assailli de cauchemars. Son père apparaît en rêve, tenant une lumière à la main. Déprimé, il reprend contact avec sa sœur, demeurée à Weimar. Celle-ci répond affectueusement à ses lettres : « J'ai trouvé moyen de supporter la vie sans être heureuse mais sans me plaindre […]. Ici, nous vivons tran-

■ Vue de Francfort-sur-le-Main. (Francfort-sur-le-Main, Historische Museum.) Schopenhauer avait choisi d'habiter à Francfort parce que le taux de mortalité y était le plus faible de toute l'Allemagne.

quilles [...]. Nous resterons ici et cette perspective me
laisse dans un calme indescriptible, ni gaie, ni triste, ni
sereine, ni enjouée, mais tranquille [...]. Nul sentiment
ne m'agite plus. Aucun espoir, aucun plan d'avenir, à
peine un désir [...]. Je vis malgré moi, l'âge m'effraie. J'ai
peur de la solitude qui m'attend sans doute. Je ne veux
pas me marier parce que je trouverais difficilement un
homme qui soit fait pour moi [...]. J'ai bien la force de
supporter ma solitude mais je serais profondément
reconnaissante au choléra s'il voulait bien, sans trop de
douleur, mettre fin à toute l'histoire. C'est pourquoi ton
inquiétude me paraît étrange. Car toi aussi tu te sens
malheureux et il t'est souvent venu à l'esprit de faire
faux bond à la vie par un coup de force. Il faut être
patient [141]. » La dépression de Schopenhauer s'accentue
encore pendant l'hiver passé à Francfort. Sa mère lui
écrit à son tour : « Ta maladie m'inquiète. Soigne-toi, je
t'en supplie. En quoi consiste ton mal ? Des cheveux
gris, une longue barbe, je ne te vois pas ainsi. Deux
mois dans ta chambre sans voir un homme, cela n'est
pas bien, mon fils, et cela m'afflige [142]. »

Rétabli, il travaille à des ouvrages divers : il traduit
B. Gracián, rédige sa *Volonté dans la nature*, où il voit
dans les sciences les plus diverses une confirmation de
sa métaphysique. En 1845 Brockhaus lui fait savoir que,
depuis leur dernière correspondance, il ne s'est pas
vendu un exemplaire du *Monde comme volonté et comme
représentation*. Malgré la confirmation de cet échec,
Schopenhauer publie chez un éditeur courageux *De la
volonté dans la nature*, en 1836. Il essuie un nouvel
échec, particulièrement cuisant : sur 500 exemplaires,
375 restent invendus.

L'« Essai sur le libre arbitre »

En avril 1837, la Société royale de Norvège mit au
concours la question suivante : « Le libre arbitre peut-il
être démontré par le témoignage de la conscience ? »
Schopenhauer répondit négativement. La volonté est au
contraire lieu du conditionnement absolu :

Je peux faire ce que je veux, je peux si je veux donner aux pauvres tout ce que je possède et devenir pauvre moi-même si je veux [143] !

Schopenhauer obtient le prix le 26 janvier 1839.

Le 17 avril 1838, Johanna Schopenhauer est morte, non sans avoir auparavant déshérité son fils. Le montant du prix décerné par la Société royale de Drontheim le console de cette perte financière.

« Le Fondement de la morale »

La Société royale de Copenhague mit à son tour une question au concours : « L'origine et le fondement de la morale doivent-ils être cherchés dans l'idée de moralité qui est fournie directement par la conscience et dans l'analyse des autres notions fondamentales qui dérivent de cette idée ou bien dans quelque autre principe de connaissance ? »

Schopenhauer répondit : dans la pitié.

Bien que seul candidat à postuler le prix, il en fut jugé indigne. Lors d'une édition du *Fondement de la morale,* Schopenhauer confectionna une préface où il insulta copieusement les « illustrissimes de la société ».

Le 7 mai 1843, il proposa à Brockhaus une nouvelle édition du *Monde comme volonté et comme représentation,* augmentée de *Suppléments.* Brockhaus répondit par retour du courrier et refusa net, conseillant au philosophe de se faire éditer désormais à compte d'auteur. Schopenhauer proposa une édition séparée des *Suppléments.* De guerre lasse, Brockhaus accepta. Le volume parut en mars 1844. Ce fut le début d'une petite gloire. Mieux écrits, plus suggestifs, les *Suppléments* (principalement ceux au livre IV du *Monde comme volonté et comme représentation* où abondent pleurs, émotions et tressaillements métaphysiques) eurent quelque audience. Il y eut même un compte rendu critique dans un journal et Schopenhauer reçut des lettres d'admirateurs qui devinrent rapidement des disciples : Dorguth, Becker, Dors, Frauenstadt. Ceux-ci entretinrent une correspondance avec Schopenhauer et furent même autorisés à pénétrer dans le sanctuaire du maître.

En août 1846, il s'informa de l'état des ventes du *Monde comme volonté et comme représentation*. Brockhaus répondit : « J'ai fait une mauvaise affaire. » Il ajoutait sèchement : « J'espère que vous me dispenserez des détails [144]. »

Le 25 novembre 1849, Adèle meurt. Schopenhauer a ce commentaire :

> Notre deuil et nos plaintes ne peuvent profiter aux morts, aussi peu qu'à nous-mêmes. Voilà pourquoi Shakespeare dit au début du 71e sonnet : ne porte pas le deuil plus longtemps que sonne le glas qui indique mon trépas [145].

Il se remet au travail et entreprend la rédaction des *Parerga et Paralipomena*. L'ouvrage paraît en novembre 1851, grâce aux démarches innombrables du disciple Frauenstadt. Le premier volume traite de morale, de psychologie et de métaphysique. Le second a pour titre : *Pensées isolées mais rangées dans un ordre systématique sur une grande variété de sujets*. Schopenhauer traite les sujets les plus divers : laideur des barbes, bêtise des universitaires, bonté des chiens, intérêt des tables tournantes. Ses réflexions sur ces problèmes allaient le rendre célèbre.

Révolution de 1848

Schopenhauer condamne l'injustice sociale :

> Entrer à l'âge de cinq ans dans une filature ou tout autre fabrique et, à compter de ce jour, rester là assis chaque jour, dix heures d'abord, puis douze, puis quatorze à exécuter le même travail mécanique, voilà qui s'appelle acheter cher le plaisir de respirer [146].

Remarque qui nuance l'idée répandue d'un Schopenhauer partisan du conservatisme social, bien qu'il condamne la révolution, celle-ci ne saurait aboutir à une transformation de la société et, surtout, réveille en lui deux phobies : celles du bruit et de la violence.

La bouche d'ombre

Au cours de l'hiver 1854, un magnétiseur italien, Regaz-
zoni, vint s'installer à Francfort. Il compta bientôt Schopenhauer parmi ses clients. Le corps médical de la ville
ne tarda pas à réagir et les attaques se mirent à pleuvoir
contre l'Italien. Schopenhauer signa pétition sur pétition
en faveur de son héros. Il écrivit à Dors :

■ Scène de
la révolution de
1848 à Francfort-
sur-le-Main.
(Francfort-sur-le-Main,
Historische Museum.)

> Pour moi, il ne m'est resté aucun doute sur l'authenti-
> cité des opérations de Regazzoni et tous les gens intelli-
> gents pensent comme moi. Je n'ai donc pas hésité à lui

donner mon témoignage dans son album. Mais quatorze médicastres d'ici, la plupart jeunes, ont fait soit par ignorance, soit par envie, une déclaration publique concluant à la supercherie [147].

Schopenhauer attribue une valeur curative au magnétisme « parce qu'il éveille la force curative de la nature et facilite la connaissance de la partie souffrante [148] ». Et ce en dépit de l'échec du magnétisme qu'il constate sur sa propre personne :

Brunet, un magnétiseur de passage à Francfort, m'avait fait espérer qu'il pourrait guérir mon oreille gauche en me magnétisant. Je me suis laissé à cinq reprises magnétiser pendant une demi-heure, mais en vain [149].

Le même échec est constaté avec son chien :

> Dubourg, qui a une force magnétique peu commune, a bien magnétisé huit fois mon chien qui boite de la patte de devant. Je le soigne depuis neuf mois *sed frustra!* Je suis désespéré [150].

Même engouement pour les tables tournantes en lesquelles Schopenhauer voit une confirmation et une application de son système *. Il écrit :

> J'ai assisté enfin à une séance de tables tournantes. Il y avait là une jeune femme si bien douée qu'à elle seule, en un instant et sans difficulté, elle fait valser la table. J'ai pu continuer mes observations pendant deux heures et ma conviction est que les phénomènes sont réels [151].

Enthousiaste, il emmena son disciple Dors assister à une séance. Celui-ci rapporta, consterné : « Un tempérament nerveux, surtout chez les femmes, est d'un grand effet. J'ai observé une table ronde, entourée de huit personnes bien musclées, des servantes et des manœuvres : ces pauvres gens restèrent là quatre heures durant. Les bras leur tombaient de fatigue mais la table ne bougeait pas [152]. »

La gloire

Les *Parerga et Paralipomena* sont un succès de librairie et Schopenhauer devient célèbre du jour au lendemain. Une grande critique des *Parerga et Paralipomena* paraît dans le *Westminster and Foreign Quarterly* sous la plume de John Oxenford ; la revue des professeurs de philosophie consacre un article à Schopenhauer ; pour son

---

* Ce qu'il va jusqu'à exprimer en vers :
   La volonté qui a fait et qui entretient le monde
   Peut aussi le gouverner
   Les tables marchent à quatre pattes.
(Bossert, *Schopenhauer et ses disciples*, Paris, Hachette, 1920, p. 187.)

■ Réunion d'un cercle spirite à Leipzig. Gravure de Nestel. (Paris, bibl. des Arts décoratifs.) Schopenhauer, qui a lu Mesmer, prête au magnétisme des vertus thérapeutiques dans le traitement d'affections à composante psychosomatique où la suggestion du malade par le thérapeute tient une place importante. « Le traitement sympathique le plus courant est celui des verrues. » *De la volonté dans la nature.*

Grand Lexique, Meyer lui demande des notes biographiques. Des professeurs consacrent leurs cours à sa philosophie. Erdman entreprend d'écrire sa biographie. La faculté de Leipzig met au concours une critique de sa philosophie. Richard Wagner l'invite à Zurich et lui dédicace *l'Anneau du Nibelung.* Il tente même de rencontrer Schopenhauer lors de ses passages à Francfort, mais le philosophe ne daigne pas lui ouvrir sa porte. Les disciples accourent de tous côtés. On s'arrache ses ouvrages dans les librairies. On lui porte des fleurs. Il donne des interviews. Foucher de Careil veut le voir : « Quand je le vis, écrit-il, pour la première fois en 1859 à la table de l'hôtel d'Angleterre, à Francfort, c'était déjà un vieillard à l'œil d'un bleu vif et limpide, à la lèvre mince et légèrement sarcastique, autour de laquelle errait un fin sourire, et dont le vaste front, estompé de deux touffes de cheveux blancs sur les côtés, relevait d'un cachet de noblesse et de distinction la physionomie pétillante d'esprit et de malice ; ses habits, son jabot de dentelle, sa cravate blanche rappelaient un vieillard de la fin du siècle de Louis XV. Ses manières étaient celles d'un homme de bonne compagnie [153]. »

On lui prête des amis méphistophéliques qu'il cultive d'ailleurs soigneusement et qu'il reconnaît lui-même :

J'ai donné à Kelzer un portrait de moi au daguerréotype très bon et très caractéristique. J'en ai fait un paquet. Il y apposera son cachet avec l'adresse de Dorguth et le mettra à la poste de Munich. Le vieux sera étonné et finira par dire : « Ce ne peut être que Schopenhauer ou le diable [154] ! »

En France, Maupassant fera écho au méphistophélisme du philosophe dans sa nouvelle *Auprès d'un mort.* Comédien, Schopenhauer ménage soigneusement ses effets : « Il parlait avec calme, écrit Chale-

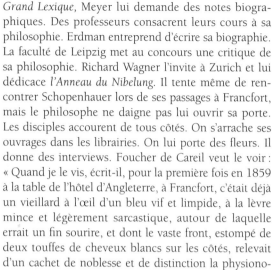

■ Caricature de Richard Wagner. « Remerciez en mon nom votre ami Wagner pour l'envoi de ses *Nibelungen,* mais dites-lui qu'il mette sa musique au cabinet, il a davantage de génie comme poète. »

mel Lacour, en lançant de temps en temps une bouffée de tabac. Ses paroles lentes et monotones qui m'arrivaient à travers le bruit des verres et les éclats de gaieté de nos voisins, me causaient une sorte de malaise, comme si j'eusse senti passer sur moi un souffle glacé à travers la porte du néant [155]. »

Il scandalise par le cynisme de ses propos :

> Le génie de l'espèce est un industriel qui ne sait que se reproduire [...]. Les femmes sont ses complices [...]. Peuples de galantins que vous êtes, dupes innocentes qui croyez en cultivant l'esprit des femmes les élever jusqu'à vous, comment n'avez-vous pas encore vu que les reines de vos sociétés ont de l'esprit souvent, du génie par accident, mais de l'intelligence jamais [...]. J'ai soixante-dix ans et plus, et si je me félicite d'une chose, c'est d'avoir évité à temps le piège de la nature : voilà pourquoi je ne me suis pas marié [156].

Il détruit les chimères :

> Le progrès, c'est là votre chimère. Il est le rêve du XIXe siècle comme la résurrection des morts était celui du Xe ; chaque âge a le sien. Quand, épuisant vos greniers et ceux du passé, vous aurez porté plus haut encore votre entassement de sciences et de richesse, l'homme en se mesurant à un pareil amas en sera-t-il moins petit [157] ?

Chalemel Lacour ajoute : « J'aurais voulu répondre, mais soit que la fumée de tabac dont l'atmosphère était imprégnée me portât au cerveau, soit que ses discours bizarres eussent fini par m'étourdir, des vertiges inconnus me gagnaient à mesure que j'essayais de suivre cet étrange raisonneur. Je le quittai fort tard et il me sembla longtemps après l'avoir quitté être ballotté sur une mer houleuse, sillonnée d'horribles courants [158]. »

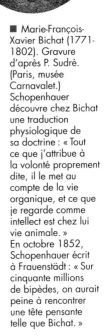

■ Marie-François-Xavier Bichat (1771-1802). Gravure d'après P. Sudré. (Paris, musée Carnavalet.) Schopenhauer découvre chez Bichat une traduction physiologique de sa doctrine : « Tout ce que j'attribue à la volonté proprement dite, il le met au compte de la vie organique, et ce que je regarde comme intellect est chez lui vie animale. » En octobre 1852, Schopenhauer écrit à Frauenstädt : « Sur cinquante millions de bipèdes, on aurait peine à rencontrer une tête pensante telle que Bichat. »

Portraits

Ses daguerréotypes circulent de main en main. On lui prête des airs de Talleyrand :

> J'étais à table avec un vieil Anglais qui, après quelques minutes de conversation, me dit : « Dois-je vous dire à qui vous ressemblez ? C'est à Talleyrand que j'ai beaucoup vu dans ma jeunesse » [159].

À la vue d'un de ses portraits, Wagner s'exclame : « Mais il ressemble à un chat sauvage [160] ! » Schopenhauer regarde avec mécontentement ses photographies mais apprécie les daguerréotypes :

> Je me trouve trop vieux sur les photographies, mais on a fait de moi un daguerréotype sur lequel je parais plus jeune de vingt ans. Ce portrait rend mon front et mon nez avec une perfection qui n'a peut-être jamais été atteinte jusqu'à présent. Il est sans prix [161].

■ Arthur Schopenhauer. Daguerréotype (mai 1846).

Comme une vedette, Schopenhauer dédicace sa photographie. Il écrit à Dors :

> Je souhaite que la photo que je vous envoie par le même courrier vous arrive en bon état. Je vous prie de la recevoir comme un souvenir de moi [162].

Sa coquetterie ne connaît plus de bornes. L'étudiant Beck venu lui rendre visite rapporte, ébahi, la scène suivante : « Je demandais à Schopenhauer s'il ne possédait pas un portrait de lui du temps de sa jeunesse, il m'en montra un de son âge mûr qui le représentait dans un costume antique. Je lui demandais encore s'il n'en avait pas un du temps où il écrivait ses premiers ouvrages.

– J'en possède un, dit-il avec un air de mystère, mais je ne le montre pas volontiers.

■ Ci-contre :
daguerréotype
(18 mai 1855).

■ En bas à gauche :
daguerréotype
(11 juin 1852).

■ En bas à droite :
photographie
(août 1850).

VISION
DU MONDE

■ Ci-contre :
daguerréotype
(3 septembre 1852).

■ En bas à gauche :
daguerréotype
(18 mai 1855).

■ En bas à droite :
photographie
(avril 1859).

■ Page de droite :
daguerréotype
(4 juin 1853).

– Dans ce cas, dis-je, je ne veux pas être indiscret.

– Je vous le montrerai, dit-il, à vous.

« Il m'apporta un petit portrait très finement peint, et je remarquai qu'il m'observait avec ses grands yeux pour voir mon impression.

– Il y a quelque chose qui vous frappe, dit-il, et je vois bien quoi : ce sont les cheveux roux.

– Assurément, puisque je ne vous ai jamais vu qu'avec des cheveux blancs.

– Je n'ai jamais eu des cheveux roux, répliqua-t-il, j'avais des cheveux absolument blonds. Le peintre n'a pu les reproduire que sur un fond rouge, mais ensuite le portrait étant exposé à une lumière trop vive, la couche supérieure a disparu, et le fond rouge est resté seul. Le portrait passera à la postérité et pour éviter toute confusion, j'ai écrit sur le revers, en latin, en allemand, en français, en anglais et en italien : *je n'ai jamais eu les cheveux roux* [163]. »

Des peintres se pressent chaque jour à son domicile. Insatisfait, il refuse portrait sur portrait et ne ménage pas ses critiques. Il écrit à Lindner :

> La gravure d'après le portrait à l'huile de Gobel est à peu près terminée, il n'y manque plus que quelques traits. J'y ai l'air d'une vieille grenouille [164].

À Asher, il écrit :

> Je pose pour deux peintres dans une même séance : pour Lunteschutz qui avait déjà fait mon portrait et pour Gobel qui passe pour le meilleur peintre d'ici [165].

Il offre ses tableaux à ses amis les plus chers, envoie l'un d'eux à son ancienne maîtresse Caroline Meudon. Celle-ci lui répond par une longue lettre, la seule qu'elle écrivit dans sa vie sans lui demander d'argent : « Je regarde le tableau que tu m'as envoyé. Avant de me coucher, je le regarde toujours [166]. »

Schopenhauer accueillit cette gloire avec empressement mais non sans amertume. Il confie à Hebbel :

■ Testament de Schopenhauer. (Francfort-sur-le-Main, Stadt und Universitätsbibliothek. Schopenhauer Archiv.) Le principal héritier est le chien de Schopenhauer.

Ich widerrufe alle z. Zeit errichtete gerichtliche Verordnung z. Willkühr,
die von meiner Seite, Verwandten, der Legatarien dieses Testaments
ansehen sollte. So alles für z. durchaus nichtige Verfügung werde.

Ich befehle vor, diese Testamente in Löwellen z. Testament
zu theilen nach seinen Verordnungen fortzusetzen zu lesen, z. solle derselbe
aber ihn nicht geschrieben, oder wie von uns unterschrieben sind, so gelten
derselben, als seine deselben, diese Testament schriftlich wieder b...

Volle dieses mein Testament nicht als solches bestehen können,
so will ich dass es als Codicill, als Codicillam Dispositionen, als schriftlich,
Schenkung auf den Todesfall, oder wie es sonst den Rechten machen
bestehen gebraucht, insoweit z. der Rechten erhalten werden.

Zu dessen Urkund habe ich gegenwärtige, eigenhändig von
uns geschriebene Testamente, meinen Namen z. ... Willen,
wo ein Herr Notariat z. den sieben ... eigen... ...
sieben Herren Zeugen eigenhändig unterschrieben z. besiegelt.

So geschehen zu Frankfurt a. M. d. **26 Juni 1852**

Arthur Schopenhauer,
Dr. phil. e jure legens in Univ. Berol:

Da die Unterschrift in wirklicher Gegenwart des Zeugen z.
Notars vollzogen seyn muss, so unterschreibe ich sie in selbiger.

Arthur Schopenhauer
Dr. phil. e jure legens i. Univ. Ber...
als Testator.

Johann Georg Weiss, Würdthierr Dahier,
als Zeuge
Johann Nicolaus Meijer, als unbekannt
Testaments Zeuge
Stephan Ernst Pichler, als...
Georg Jacob Schröder als erbetener Zeuge
Johann Conrad Walther, als gebete...
zur Testaments Zeuge
Christoph Conradi, als erbetener
Testaments Zeuge
Gottlieb Friedrich Walther,
als erbetener Testaments Zeuge

Herr Arthur Schopenhauer, Dr. phil. gewesener Privat-Docent in der Universität Berlin, mit Ja...
zig gebürtig, dessen auch Promission wohlgefasst, hat den Inhalt dieses all seinen letzten Willen ...
erkannt, in Gegenwart der vorstehenden, zu diesem Testament handlung insonderheit erbetener, ...
und vorgenommenen Herrn Zeugen, und meines, des Notars, Gegenw... dieses sein Testament...
und den Herrn Zeugen eigenhändig Unterschreiben und besiegelt, dabei, so wie die eined Th...
ohne fehrendes Zeichenmarkt, überschrieb Testament nach gesetzlicher Vorschrift vollzogen Testa...
mend handlung, ... auf letzter Handlung beglaubigt. So geschehen zu Frankfurt am ...
fast und zwanzigsten Juni ... hundert zwey und fünfzig.

Dr. Johann Valentin Bouquet, Notar der freien Stadt Frankfurt

Nach einer Beilage von ... Februar 1839 eröffnet und publicirt bei den
Nachweis z. der freien Stadt Frankfurt am 11 Septemb. 1860
Bouquet

C'est une drôle de chose que la gloire ! Je suppose que comme auteur dramatique, il doit vous arriver d'aller au théâtre et vous avez peut-être déjà assisté à une drôle de scène : lorsque l'ouvrier chargé de nettoyer les lampes du plateau n'a pas encore achevé son travail alors que le rideau se lève et qu'honteux, il se sauve sous les applaudissements du public. Moi, je suis comparable à cet ouvrier qui, par hasard, se trouve encore sur scène alors qu'on donne déjà la comédie de ma gloire [167].

S'étant disputé avec son propriétaire, Schopenhauer déménage et s'installe dans une maison voisine, au 17 de la Schöne Aussicht. K. Baehr nous a donné une description précise de cet appartement : « L'appartement de Schopenhauer était au rez-de-chaussée. Il se composait d'une chambre d'habitation à deux fenêtres, avec une alcôve à gauche de l'entrée, et d'une autre chambre à droite, également à deux fenêtres, servant de bibliothèque. Les deux pièces étaient ainsi séparées par un corridor où passaient tous les habitants de la maison. [...] Sa chambre était meublée avec une simplicité puritaine. Un secrétaire avec un buste de Kant, un canapé au-dessus duquel était accroché un petit portrait à l'huile de Goethe, une petite table ronde devant le canapé, une petite armoire à glace entre les deux fenêtres et une table carrée en face du secrétaire. C'était à peu près tout. Sur le mur opposé au canapé se voyaient quelques portraits au daguerréotype de Schopenhauer et dans un coin près du poêle, un buste de Wieland posé sur un piédestal [168]. » Dans sa description, Baehr ne mentionne pas les seize gravures de chiens accro-

■ Tabatière
de Schopenhauer.

chées au mur, voisinant avec un portrait de sa mère, et le masque mortuaire de son caniche décédé en 1843. Il oublie enfin la fameuse statue de Bouddha posée sur une console de marbre blanc et dont Schopenhauer raconte l'histoire à chacun de ses visiteurs.

Bien qu'il soit devenu célèbre, il n'a rien changé à ses habitudes. Il se lève été comme hiver à 8 heures, fait sa toilette à l'eau froide (ablutions du visage et des yeux, favorables croit-il au nerf optique), prépare un copieux petit déjeuner (sa servante n'étant pas autorisée à paraître le matin) et se met au travail jusqu'à 11 heures, heure à laquelle il reçoit la visite de ses disciples, chargés de lui transmettre articles ou commentaires parus à son sujet ou sur sa philosophie. Avant le déjeuner, Schopenhauer n'oublie jamais son quart d'heure de flûte, au cours duquel il interprète ses auteurs favoris : Mozart et Rossini. Il se rase à midi tapant, déjeune et effectue une courte promenade en smoking et cravate blanche, puis regagne son logis pour effectuer une courte sieste ou boire son café. Les après-midi sont consacrés à de longues promenades dans les environs de Francfort en compagnie de son caniche ou parfois à quelques baignades dans le Main. On le rencontre, monologuant, indifférent aux salutations, fumant cigare sur cigare (qu'il ne fume qu'à moitié pour éviter l'absorption de nicotine). Vers les 6 heures, il se rend au casino pour y lire les journaux. Il dîne enfin de bon appétit à l'hôtel d'Angleterre : viande froide et vin rouge (pas de bière par crainte du choléra). C'est là qu'il rencontre Foucher de Careil. La soirée se termine parfois par un concert ou une représentation théâtrale.

■ Clochette pour le service de table. (Francfort-sur-le-Main, Stadt und Universitätsbibliothek. Schopenhauer Archiv.)

Derniers jours

Au cours du mois d'avril 1860, Schopenhauer essoufflé doit s'arrêter fréquemment au cours de ses promenades. Il se plaint à la même époque de palpitations. Le matin du 18 septembre, Gwinner qui lui rend visite le trouve assis sur son sofa, respirant avec peine, parlant d'une voix rocailleuse, les traits tirés par l'angoisse. Schopenhauer, qui ressent de violentes crampes dans la poitrine, est obligé de s'aliter. Le 20, il semble aller mieux. Le 21, se sentant rétabli, il se lève et prend son petit déjeuner. Son médecin le découvre mort quelques instants plus tard, assis sur son sofa, sous le portrait de Goethe. Quelques jours auparavant il avait écrit :

> Eh bien, nous nous en sommes bien tiré. Le soir de ma vie est le jour de ma gloire et je dis, en empruntant les mots de Shakespeare : « Messieurs bonjour, éteignez les flambeaux, le brigandage des loups est terminé ; regardez la douceur du jour qui, devançant la voiture de Phébus, inonde l'Orient encore ivre de sommeil [169] ».

Son enterrement eut lieu sous une pluie battante le 26 septembre 1860. Sur sa tombe ne figure que son nom.

■ Arthur Schopenhauer et son chien. Caricature de Wilhelm Busch. (Francfort-sur-le-Main, Stadt und Universitätsbibliothek. Schopenhauer Archiv.)

■ *Le Cauchemar,* par Johann Heinrich Füssli, 1781. (Detroit, The Detroit Institute of Art.)

L'Ennui

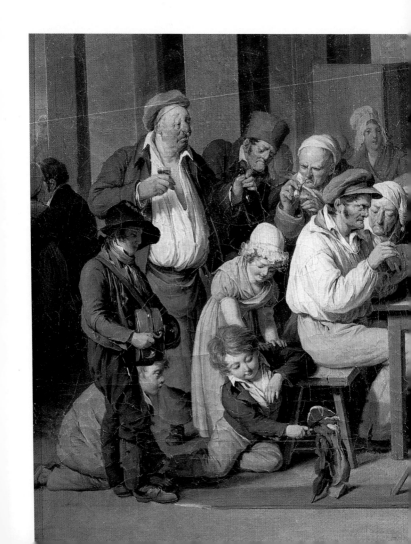

PROBLÈME SPÉCIFIQUE
DE LA PHILOSOPHIE
SELON SCHOPENHAUER

Ennui et étonnement

Alberto Moravia, au début de son roman *l'Ennui,* relate ainsi le projet, conçu pendant son adolescence, d'une histoire universelle reposant sur le seul moteur de l'ennui : « L'histoire universelle fondée sur l'ennui était basée sur une idée très simple : le ressort de l'histoire ne se trouvait ni dans le progrès, ni dans l'évolution biologique, ni dans le fait économique, ni dans aucun autre des motifs qu'allèguent généralement les historiens des diverses écoles, mais bien dans l'ennui. Très excité par cette magnifique découverte, je pris les choses à la racine. Au commencement donc était l'ennui, vulgairement appelé chaos. Dieu s'ennuyant créa la terre, le ciel, l'eau, les animaux, les plantes, puis Adam et Eve ; ces derniers s'ennuyant à leur tour dans le Paradis mangèrent le fruit défendu. Ils ennuyèrent Dieu qui les chassa de l'Éden ; Caïn qu'ennuyait Abel le tua ; Noé, s'ennuyant vraiment trop, inventa le vin ; Dieu ayant de nouveau pris les hommes en ennui détruisit le monde par le déluge ; mais ce désastre également l'ennuya à tel point qu'il fit revenir le beau temps. Et ainsi de suite. Les grands empires égyptiens, babyloniens, persans, grecs et romains surgirent de l'ennui et s'écroulèrent dans l'ennui ; l'ennui du paganisme suscita le christianisme ; l'ennui du catholicisme engendra le protestantisme ; l'ennui de l'Europe fit découvrir l'Amérique ; l'ennui de la féodalité provoqua la Révolution française et celui du capitalisme la révolution russe. Toutes ces belles trouvailles furent notées en une sorte de petit tableau puis, avec un grand zèle, je commençai à écrire l'histoire en bonne et due forme. Je ne me souviens pas bien, mais je ne crois pas être allé au-delà de la description fort détaillée de l'ennui atroce dont souffraient Adam et Eve dans l'Éden et de la façon dont ils commirent le péché mortel, justement à cause de cet ennui. Ensuite, ennuyé à mon tour par mon projet, je l'abandonnai [170]. »

Texte et conception extraordinaires : c'est l'absence de toute motivation qui devient, paradoxalement, l'unique

■ **Double page précédente :** *Scène de cabaret,* par Louis Léopold Boilly. (Paris, musée du Louvre.) « Dans tous les pays, les jeux de cartes sont arrivés à être l'occupation principale de toute société ; ceci donne la mesure de ce que valent ces réunions et constitue la banqueroute déclarée de toute pensée. N'ayant pas d'idées à échanger, on échange des cartes et l'on cherche à se soutirer mutuellement des florins, ô pitoyable espèce ! » *Parerga et Paralipomena.*

motivation, l'unique ressort de l'histoire et de l'existence. C'est l'ennui – ou la tendance à l'état mort – qui
sauve *in extremis* le monde de l'immobilisme et de la
mort, en y introduisant une sorte de « tendance minimale » qui suffit à mettre en marche une histoire qui,
sans elle, resterait éternellement à l'arrêt. Cette tendance
minimale n'est autre que l'ennui, ou plutôt une nausée
devant l'ennuyeux qui fait office de révélateur : grâce à
elle se dévoile le caractère ennuyeux de tout état des
choses, lequel se voit ainsi périodiquement incité à se
modifier – en apparence seulement, l'ennui resurgissant
face à l'état nouveau. En définitive, c'est l'ennui qui
arrache le monde à l'ennui, en suscitant dans l'existence
des modifications de « visage », qui sont autant de
remèdes – momentanés – à l'ennui. Ambiguïté fondamentale de l'ennui qu'exprime en ces termes Vl. Jankélévitch : « Le pouvoir de s'ennuyer, comme l'aptitude à
souffrir, est donc relativement un signe de vitalité : tout
n'est pas perdu et mon mal n'est pas absolument incu-
rable, tant que je puis encore me morfondre. Une
momie ne prend pas froid. S'ennuyer, en somme, c'est
encore une manière de réagir, bien que la manière soit
triste et stérile et somnolente ; l'ennui veut des nerfs, et
que le fond soit resté bon. Les romantiques, qui s'y
connaissaient, étant les grands spécialistes de la
conscience malheureuse et du glorieux échec, avaient
bien entrevu cette duplicité de l'ennui [171]. »

L'ennui occupe, dans la philosophie de Schopenhauer, une place semblablement paradoxale et centrale.
En fait, et avant de tenter de définir l'ennui en tant que
tel, nous observerons qu'il revêt chez Schopenhauer une
double fonction : l'une, la moins importante, qu'on peut
appeler objective et créatrice ; l'autre, plus essentielle,
qui est subjective et philosophique. La première
concerne l'existence, le monde et les hommes en tant
qu'ils sont extérieurs au sujet. La seconde intéresse
directement le sujet réflexif et la manière dont il se
représente l'extériorité. Dans le premier sens, l'ennui
suscite divers « arrangements » dans le monde et dans

la vie des hommes, en particulier dans leur vie sociale ; dans le second sens, il suscite la pensée elle-même, c'est-à-dire détermine une philosophie – et, dans le cas qui nous occupe, la philosophie propre à Schopenhauer. Double fonction et double fécondité : la première extérieure et sociale, la seconde intérieure et philosophique.

Le premier aspect de l'ennui n'intéresse pas directement notre sujet. Il concerne une généalogie « objective » ; or, ce qui nous retiendra ici est surtout une généalogie « subjective », c'est-à-dire la manière dont la philosophie de Schopenhauer s'est constituée à partir de l'expérience de l'ennui. Ce n'est pas, certes, qu'il se soit désintéressé de la première question. Dans son œuvre, les pages abondent au contraire qui rendent compte de la genèse des comportements sociaux à partir de l'ennui, tout comme dans le tableau généalogique imaginé par Moravia. C'est le cas de tous les comportements d'oubli et de divertissement, sur lesquels Schopenhauer revient avec une insistance toute pascalienne, notamment dans le livre IV du *Monde comme volonté et comme représentation* et dans le chapitre II des *Aphorismes sur la sagesse dans la vie* (extrait des *Parerga et Paralipomena*). Analyses souvent pénétrantes, même si le thème n'est pas neuf. Certaines de ces analyses vont d'ailleurs parfois beaucoup plus loin. L'ennui, selon Schopenhauer, n'a pas seulement engendré les remèdes à l'ennui qui constituent toute la gamme des « divertissements » ; il est aussi le responsable de réalités sociologiques qui pouvaient paraître plus fondamentales, attachées en quelque sorte à l'essence de l'affectivité et de la pensée humaines. C'est ainsi que l'instinct social, qui porte les hommes à s'assembler, loin d'être cet instinct naturel et spontané dont rêvaient certains philosophes du XVIIIᵉ siècle dans le sillage de Rousseau, n'est autre qu'une des nombreuses « créations » de l'ennui :

> Il [l'ennui] a assez de force pour amener des êtres, qui s'aiment aussi peu que les hommes entre eux, à se rechercher malgré tout ; il est le principe de la sociabilité [172].

Sociabilité contingente, puisque issue de l'ennui, et fragile ; car si l'homme seul s'ennuie, l'homme en société souffre (de ses voisins). Aussi doit-il, entre la solitude absolue et la société permanente, garder une juste et précaire mesure, comme en témoigne l'admirable apologue de la fin du deuxième volume des *Parerga et Paralipomena* :

■ *La Crédulité, la Superstition et le Fanatisme.* Gravure d'après William Hogarth.

Par une froide journée d'hiver, un troupeau de porcs-épics s'était mis en groupe serré pour se garantir mutuellement contre la gelée par leur propre chaleur. Mais tout aussitôt ils ressentirent les atteintes de leurs piquants, ce qui les fit s'éloigner les uns des autres. Quand le besoin de se chauffer les eut rapprochés de nouveau, le même inconvénient se renouvela, de façon qu'ils étaient ballottés deçà et delà entre les deux souffrances, jusqu'à ce qu'ils eussent fini par trouver une distance moyenne qui leur rendit la situation supportable. Ainsi, le besoin de société, né du vide et de la monotonie de leur propre intérieur, pousse les hommes les uns vers les autres ; mais leurs nombreuses qualités repoussantes et leurs insupportables défauts les dispersent de nouveau [173].

Plus intéressante encore est, au livre IV du *Monde comme volonté et comme représentation* (par. 58), l'analyse de l'ennui comme source de la superstition. Schopenhauer, qui vient de dire l'impossibilité où est l'homme de réussir à chasser l'ennui à l'aide des soucis artificiels, poursuit l'analyse en ces termes :

De là vient que l'esprit de l'homme, n'ayant pas encore assez des soucis, des chagrins et des occupations que lui fournit le monde réel, se fait encore de mille superstitions diverses un monde imaginaire, s'arrange pour que ce monde lui donne cent maux et absorbe toutes ses forces, au moindre répit que lui laisse la réalité ; car ce répit, il n'en saurait jouir. [...] L'homme se fabrique, à sa ressemblance, des démons, des dieux, des saints ; puis il faut leur offrir sans cesse sacrifices, prières, ornements pour leurs temples, vœux, accomplissements de vœux, pèlerinages, hommages, parures pour leurs statues, et le reste [174].

Plus encore que la récusation d'un instinct social inné, cette conception de la superstition comme simple fruit de l'ennui procède d'une vision fondamentalement pessimiste et sceptique, tout à fait particulière à Scho-

■ Double page précédente : *Une famille parisienne au salon*, par Eugène Lami (v. 1830). (Paris, bibl. des Arts décoratifs.) « Tout le monde sait qu'on allège les maux en les supportant en commun, parmi ces maux semblent compter l'ennui, et c'est pourquoi les hommes se groupent afin de s'ennuyer en commun. » *Aphorismes sur la sagesse de la vie.*

Die

Welt

als

Wille und Vorstellung:

vier Bücher,

nebst einem Anhange,

der die

Kritik der Kantischen Philosophie

enthält,

von

Arthur Schopenhauer.

Ob nicht Natur zuletzt sich doch ergründe?
Göthe.

Leipzig:
F. A. Brockhaus.

1819.

■ Schopenhauer,
*Le Monde comme
volonté et comme
représentation.*
Page de titre.
Leipzig, 1819.

penhauer, qui apparaît ici penseur particulièrement original. Cette conception de l'ennui comme principale
source de superstition s'oppose en effet à toutes les
généalogies précédentes : la superstition n'est plus,
comme on l'affirmait sans cesse et comme on continuera
souvent à le penser après Schopenhauer, la fille de l'er-
reur, ou de l'ignorance, ou de la faiblesse, ou de la
crainte, ou de l'angoisse, bref d'une « primitivité » dans

l'ordre de la terreur ou de la vénération. Non : « Besoin d'occupation pour abréger le temps », tranche Schopenhauer qui ajoute en terminant : « C'est là le bénéfice qu'on tire des superstitions, et il n'est pas à dédaigner [175]. » Sécheresse magistrale qui en dit long non seulement sur le peu de crédit accordé par Schopenhauer aux superstitions (malgré un assez malencontreux *Essai sur les apparitions* dans les *Parerga et Paralipomena),* mais encore et surtout sur le peu de crédit à la superstition chez l'homme superstitieux lui-même : lequel, aux yeux de Schopenhauer, est essentiellement occupé à meubler un vide, à fuir l'ennui. Il fait semblant de croire à ses superstitions ; en réalité, il se distrait.

Selon Schopenhauer, c'est le premier aspect de l'ennui, considéré comme source d'un certain nombre de comportements caractéristiques de l'espèce humaine. Tout autre est le second aspect, bien plus essentiel : l'ennui considéré comme expérience fondamentale, comme le sentiment décisif à partir duquel Schopenhauer entreprend de construire sa propre philosophie. Nulle part, il est vrai, n'est dit que Schopenhauer assigne une telle origine à la philosophie : ce qui fait « commencer » la philosophie, comme nous l'apprend le célèbre chapitre XVII des *Suppléments* au livre II du *Monde comme volonté et comme représentation,* qui s'intitule : *Sur le besoin métaphysique de l'humanité,* ce n'est pas l'ennui mais l'étonnement. Schopenhauer, qui se souvient ici à la fois de Platon dans le *Théétète* et d'Aristote dans la *Métaphysique,* voit dans l'étonnement, c'est-à-dire l'aptitude à considérer comme hypothétique et surprenante une existence que les relations causales habituelles n'expliquent qu'en surface, la source de toute réflexion philosophique. Mais cet étonnement n'est pas, chez Schopenhauer, purement intellectuel ; il s'accompagne, on le sait, d'une tonalité douloureuse :

> L'étonnement philosophique est donc au fond une stupéfaction douloureuse ; la philosophie débute, comme l'ouverture de *Don Juan,* par un accord en mineur [176].

Or, cette stupéfaction douloureuse, cette stupeur muette dont parle fréquemment Schopenhauer à propos du spectacle offert par l'existence, ne concerne pas seulement des malheurs. Tout aussi étonnante et tout aussi scandaleuse est la révélation du fait que l'homme, qui est déjà exposé au malheur, « capable », de malheur, est, d'autre part, incapable de bonheur. Autrement dit, l'expérience du malheur ne suffit pas à produire l'étonnement philosophique tel que le conçoit Schopenhauer ; il y faut aussi l'expérience de l'impossibilité du bonheur : et c'est là, nous le verrons, l'expérience de l'ennui. L'existence ne serait ni étonnante ni scandaleuse si elle était constituée de malheur et de bonheur : si certains bonheurs venaient compenser certains malheurs. Mais, selon Schopenhauer, les malheurs de l'existence ne sont compensés par aucun bonheur. À cette affirmation, qui semble paradoxale et même insoutenable à première vue, une raison très simple : aucun bonheur n'est, ni n'est capable d'être, dans la mesure où l'idée de bonheur contient une contradiction interne. Comme nous le verrons un peu plus loin, elle prétend faire surgir un état positif alors qu'elle ne fait jamais qu'effacer un état douloureux ; en elle-même, elle n'est rien et ne prête pas à expérimentation : elle ne s'éprouve pas. Ce « blanc » qui apparaît là où on aurait attendu la positivité d'un bonheur ou d'un plaisir, c'est très précisément l'ennui.

L'ennui est donc, sinon la seule, du moins l'une des deux sources de l'expérience de l'étonnement qui prélude à la philosophie, l'autre source étant le malheur. Et encore de ces deux sources est-il la plus importante, celle qui détermine en dernière instance l'expérience de l'étonnement, décidant ainsi à elle seule du véritable « commencement », de l'acte philosophique. Le malheur pourrait en effet, on l'a vu, être accepté à la rigueur ; ce qui est décisif et déterminant, c'est la non-compensation, c'est l'absence d'une expérience véritable du bonheur. C'est dire que ce qui détermine l'étonnement philosophique, et la philosophie qui en découle, c'est l'im-

■ Portrait de Leibniz (1646-1716). Pessimiste, Schopenhauer adopte à l'égard de Leibniz la position de Voltaire, beaucoup trop de souffrances dans le meilleur des mondes possibles, ce qu'il résume ainsi : « Des mondes possibles, notre monde est le plus mauvais. » *Le Monde comme volonté et comme représentation.*

L'ENNUI possibilité d'une expérimentation du bonheur : autrement dit, c'est l'ennui.

Il est une autre raison pour laquelle l'expérience de l'ennui est bien, pour Schopenhauer, l'expérience philosophiquement décisive. Comme on le sait, et comme l'a bien montré E. Bréhier dans son article sur « L'unique pensée de Schopenhauer [177] », la mission fondamentale de la philosophie, telle que la comprend et la pratique Schopenhauer, est d'imposer la désillusion : le philosophe schopenhauerien est avant tout un désillusionniste. Il dit, certes, avec la théorie de la volonté, « ce que sont » les choses ; mais il dit surtout, et peut-être mieux, ce qu'elles ne sont pas. La philosophie est d'abord une chasse aux illusions, une étude du « rien » que recouvrent un grand nombre de notions habituellement utilisées par les hommes pour se guider dans la vie et dans la pensée : telles les idées de causalité « en soi », de finalité réelle, de devenir modificateur en profondeur, c'est-à-dire d'histoire au sens hégélien. Au nombre de ces illusions figure en bonne place l'idée selon laquelle l'homme, tant l'individu que l'homme en général dans la société et dans l'histoire, « tend » vers quelque chose, et un quelque chose qui, dans le cas de l'individu, s'appelle le bonheur, quel que soit le contenu singulier que chaque homme imagine confusément sous ce mot. Or, l'expérience de l'ennui vient dissiper cette illusion fondamentale en montrant que ce vers quoi l'homme tend lorsqu'il parle de bonheur est, de toute façon, rien : rien d'expérimentable ni de jamais expérimenté. Au centre du réseau des illusions apparaît donc un non-être, véritable miroir aux alouettes où vont éternellement se perdre la plupart des illusions humaines (les idées de finalité et de devenir n'étant au fond que des variantes de ce thème fondamental qui est la croyance en la possibilité d'un bonheur). Telle est donc l'importance « méthodologique » de l'ennui : non seulement il révélera à Schopenhauer sa propre philosophie, mais il servira aussi d'arme particulièrement efficace pour apprendre aux autres hommes à quitter leurs illusions. Après avoir ressenti l'ennui, et en avoir tiré la substance d'une philosophie, il s'agira de le faire ressentir pour dévoiler la vérité de la philosophie constituée. Montrer aux hommes leur propre ennui, c'est les acculer à l'expérience de la philosophie, c'est en faire de force des philosophes. Aussi l'expérience de l'ennui est-elle doublement décisive : pour le philosophe et pour ceux auxquels il compte s'adresser. Il est temps d'essayer de décrire cette expérience.

L'expérience de l'ennui

Au moment de décrire l'expérience de l'ennui selon Schopenhauer, il importe de préciser d'entrée de jeu que cette expression – « expérience de l'ennui » – est des plus ambiguës et même, à l'extrême rigueur, incorrecte. L'ennui n'est-il pas, justement, ce qui ne se laisse pas expérimenter, un creux qui se dévoile là où on attendait la présence d'un plein ? À proprement parler, il n'y a jamais d'expérience de l'ennui : c'est là sa définition. Ce qu'on doit dire, c'est que l'ennui est, si l'on veut, une expérience, mais une expérience d'un type tout à fait particulier : une expérience au cours de laquelle on apprend qu'on n'expérimente rien alors qu'on s'attendait à expérimenter quelque chose. L'ennui est ainsi la surprise d'une absence : quelque chose sur quoi on comptait, et qu'on attendait presque à heure fixe, n'est pas venu et ne viendra jamais. L'heure de l'ennui est en effet prévisible ; elle sonnera chaque fois qu'une satisfaction aura été obtenue, un besoin satisfait, l'ennui étant, selon Schopenhauer, la révélation du fait qu'à la différence de la douleur la satisfaction – qui en est le terme – ne s'expérimente pas :

> La satisfaction, le bonheur, comme l'appellent les hommes, n'est au propre et dans son essence rien que de *négatif* ; en elle, rien de positif. Il n'y a pas de satisfaction qui d'elle-même et comme de son propre mouvement vienne à nous ; il faut qu'elle soit la satisfaction d'un désir. Le désir, en effet, la privation, est la condition préliminaire de toute jouissance. Or avec la satisfaction cesse le désir, et par conséquent la jouissance aussi [178].

Négativité foncière, nécessaire, sans appel de la satisfaction : quand on quitte la positivité de la douleur – qui ainsi s'expérimente –, on ne trouve nulle positivité de la satisfaction – qui ainsi ne s'expérimente jamais. Cette inaptitude du bonheur à s'éprouver, cette sorte de « manque à sentir » de la non-douleur, définissent exactement les conditions de l'ennui. Plutôt que d'expérience de l'ennui, il faut donc parler de l'ennui comme une impossibilité d'expérience. Impossibilité expérimentale en matière de bonheur qui est la clef de l'« expérience » de l'ennui, et qu'un autre texte de Schopenhauer exprime de manière plus précise encore :

> Nous sentons la douleur, mais non l'absence de douleur ; le souci, mais non l'absence de souci ; la crainte, mais non la sécurité. Nous ressentons le désir, comme nous ressentons la faim et la soif ; mais le désir est-il rempli, aussitôt il en advient de lui comme de ces morceaux goûtés par nous et qui cessent d'exister pour notre sensibilité, dès le moment où nous les avalons [179].

« Comme le fruit se fond en jouissance, comme en délice il change son absence... », écrira Paul Valéry dans *le Cimetière marin*. Mais Valéry est poète du bonheur (« Courons à l'eau en rejaillir vivant ! »), non, comme Schopenhauer, un métaphysicien de l'ennui. Aussi admet-il, entre la fin du désir et le début de la satiété, le temps de l'expérience d'un bonheur ; il est un temps, si court soit-il, pendant lequel le fruit se change en délice... Pour sa part, Schopenhauer verrait les choses sous un jour plus sombre : ce n'est pas seulement la disparition du fruit qui se transforme en délice, c'est surtout, et de manière plus générale, le délice lui-même, si on ose dire, qui « se change en absence », et ce avant même d'avoir été expérimenté comme délice. Autrement dit, il n'a pas été prévu, dans l'ordre du monde, qui est l'ordre de la volonté, de temps pour le plaisir : et voilà pourquoi l'ennui, qui exprime l'impossibilité de l'expérience du plaisir, est nécessairement la clef de

l'expérience pessimiste. Et du même coup nous com-
prenons pourquoi l'ennui est, comme le dit si bien le
mot allemand *Langeweile*, une « maladie du temps » :
c'est le temps le grand responsable de l'ennui, pour de
multiples raisons que nous verrons un peu plus loin,
mais dont la principale est qu'il n'a pas prévu de
« moment » pour l'expérimentation du plaisir. Entre le
désir – qui est souffrance – et l'ennui – qui est cessation
de la souffrance –, nulle transition, nul intervalle de
bonheur au cours duquel le plaisir se laisserait expérimenter. Et Schopenhauer peut ainsi poursuivre le texte
dont on vient de lire le début :

> Nous remarquons douloureusement l'absence des
> jouissances et des joies, et nous les regrettons aussitôt ;
> au contraire, la disparition de la douleur, quand même
> elle ne nous quitte qu'après longtemps, n'est pas immé-
> diatement sentie, mais tout au plus y pense-t-on parce
> qu'on veut y penser, par le moyen de la réflexion. Seules,
> en effet, la douleur et la privation peuvent produire une
> impression positive et par là se dénoncer d'elles-mêmes :
> le bien-être, lui, n'est que pure négation [180].

À la négativité du plaisir va donc correspondre la
positivité de l'ennui, qui vient aussitôt occuper le temps
laissé vacant par la défaillance du plaisir. Puisqu'il n'y a
pas de temps pour le plaisir, il y aura – tout à loisir –
un temps pour l'ennui, en attendant que de nouveaux
besoins, de nouveaux désirs, et les nouvelles souffrances qui leur sont nécessairement attachées, viennent remplir un temps provisoirement « ennuyé »,
c'est-à-dire disponible. Le temps de l'ennui est ainsi la
somme des temps arrachés à la souffrance. Encore cette
formule doit-elle être précisée : le temps de l'ennui ne
coïncide pas exactement avec la somme des temps arrachés à la souffrance, et ce pour deux raisons. Tout
d'abord il est, chez Schopenhauer, un temps qui n'est ni
de souffrance, ni d'ennui : c'est le temps de la contemplation, que nous étudierons un peu plus loin. En
second lieu, le temps de l'ennui, s'il n'est pas le temps

L'ENNUI des souffrances habituelles, n'en est pas moins un temps douloureux lui aussi. L'ennui est bien le temps d'un intervalle ; non l'intervalle d'un plaisir entre deux souffrances, ni même celui d'un repos (comme dans le cas du temps de la contemplation), mais celui d'une souffrance spécifique, qui se définit par l'absence de souffrance et de désir.

Ce qui fait l'occupation de tout être vivant, ce qui le tient en mouvement, c'est le désir de vivre. Eh bien, cette existence une fois assurée, nous ne savons qu'en faire, ni à quoi l'employer ! Alors intervient le second ressort qui nous met en mouvement, le désir de nous

HELL Canto 5

délivrer du fardeau de l'existence, de le rendre insensible, « de tuer le temps », ce qui veut dire de fuir l'ennui… L'ennui, du reste, n'est pas un mal qu'on puisse négliger ; à la longue, il met sur les figures une véritable expression de désespérance [181].

L'ennui déclenche en l'homme un « second ressort », le premier ressort étant le désir. Image de l'oscillation perpétuelle, que nous retrouvons dans de nombreux textes de Schopenhauer : l'homme n'est pas mû par un seul mouvement, mais par deux, ou plutôt par le jeu de ces deux mouvements complémentaires. Le premier va du désir à l'ennui, le second de l'ennui au désir. La vie de l'homme oscille ainsi entre deux positions qui ont en commun d'être également intenables ; d'où l'obligation du mouvement, d'un mouvement perpétuel qui fait de la vie humaine une course non vers quelque but, mais contre deux « buts » dont on s'aperçoit, sitôt atteint chacun d'eux, qu'on ne peut s'en accommoder. Vivre, agir, ne signifie donc jamais qu'on tend vers, mais bien toujours qu'on fuit. L'homme schopenhauerien (contraire en ceci comme en tant d'autres points à l'homme hégélien) est un homme en fuite : il ne se dirige jamais vers l'avant, il a constamment le dos tourné. Il s'efforce de « revenir » d'une position douloureuse ; le malheur voulant que la position de repli se révèle toujours aussi inconfortable que la position abandonnée. Ne voulant ni souffrir ni s'ennuyer, l'homme schopenhauerien ira sans cesse d'un pôle à l'autre de l'alternative : il oscille. Les textes dans lesquels Schopenhauer exprime cette oscillation sont innombrables ; citons cet extrait des *Parerga et Paralipomena* :

Un simple coup d'œil nous fait découvrir les deux ennemis du bonheur humain : ce sont la douleur et l'ennui. En outre, nous pouvons observer que, dans la mesure où nous réussissons à nous éloigner de l'un, nous nous rapprochons de l'autre, et réciproquement ; de façon que notre vie représente en réalité une oscillation plus ou moins forte entre les deux [182].

■ *Le Cercle de la luxure,* par William Blake, 1824. Illustration de *La Divine Comédie* de Dante : « L'Enfer ». Chant V. (Birmingham, City Museum and Art Gallery.) « Où Dante serait-il allé chercher le modèle et le sujet de son enfer ailleurs que dans notre monde réel ? » *Le Monde comme volonté et comme représentation.*

L'ENNUI   Ou encore, ce passage du *Monde comme volonté et comme représentation* :

> Tout vouloir a pour principe un besoin, un manque, donc une douleur ; c'est par nature, nécessairement, qu'ils [les hommes] doivent devenir la proie de la douleur. Mais que la volonté vienne à manquer d'objet qu'une prompte satisfaction vienne à lui enlever tout motif de désirer, et les voilà tombés dans un vide épouvantable dans l'ennui ; leur nature, leur existence leur pèse d'un poids intolérable. La vie donc oscille, comme un pendule, de droite à gauche, de la souffrance à l'ennui ; ce sont là les deux éléments dont elle est faite, en somme [183].

La vie oscille donc entre deux pôles de douleur, sans aucune possibilité d'arrêt, et surtout sans aucun temps pour le plaisir. Le plaisir se métamorphose en ennui avant d'avoir été éprouvé ou même, plus simplement, avant d'avoir « été ». Cette pensée du caractère inexpérimentable du plaisir fait de la philosophie de Schopenhauer une métaphysique de l'ennui, et voici en quel sens. Nous avons déjà dit que le sentiment de l'étonnement, premier ressort de la réflexion philosophique, surgissait devant le caractère non seulement inexplicable, mais aussi en quelque sorte injustifiable de l'existence. Or, la présence de bonheurs au sein des souffrances aurait pour effet de compenser celles-ci, de les justifier relativement à l'ensemble des joies et des peines, et finalement d'atténuer, et même de faire disparaître tout à fait, le sentiment de scandale et d'étrangeté face au monde : tel avait été, on le sait, l'itinéraire philosophique de Leibniz, notamment dans la *Théodicée*. Mais à partir du moment où les plaisirs ne sont, de toute manière, que des fantômes évanescents, où ils n'ont jamais d'existence réelle, il est clair que toute entreprise de justification à la manière du système leibnizien est radicalement impossible. Ce qui condamne d'emblée la *Théodicée,* ce n'est pas la médiocrité des plaisirs, c'est leur absence. Pour que les bonheurs du

■ *Les Blanches Falaises de Rügen,* par Caspar David Friedrich, 1818. (Winterthur, fondation Oskar-Reinhart.)

monde viennent en compenser les malheurs, il faudrait d'abord que les bonheurs soient : condition préalable qui, selon Schopenhauer, n'est pas remplie, l'ennui prenant toujours la place et le temps d'un plaisir éternellement absent. L'expérience de l'ennui révèle donc un manque fondamental, un creux qui interdit – métaphysiquement parlant – au monde de se justifier par lui-même. Elle apparaît alors comme l'expérience métaphysique par excellence : elle souligne l'incapacité où se trouve le monde de se justifier et suscite, autant et même plus que la douleur, le « besoin métaphysique de l'humanité ». Selon Schopenhauer, on ne commence à philosopher de par le monde qu'après y avoir connu l'ennui, et précisément dans la mesure où l'on s'y est préalablement ennuyé.

Ennui et contemplation

Il convient de distinguer soigneusement entre l'expérience de l'ennui et la pratique de la contemplation, au sens que Schopenhauer a donné au mot et à la notion. Ennui et contemplation sont en réalité si différents que le but de la philosophie de Schopenhauer dans son ensemble peut être considéré comme un effort pour passer de l'un à l'autre : de quitter l'ennui (et la douleur) pour parvenir à une sagesse philosophique aussi étrangère à l'ennui qu'à la souffrance. Cette sagesse porte, dans la philosophie de Schopenhauer, le nom de « contemplation ». Par contemplation, il faut entendre un certain mode d'activité de l'intellect qui se distingue de tous les autres modes en ce qu'il cesse d'être concerné par les intérêts de la volonté. Sans doute Schopenhauer peut-il écrire que « l'activité de notre esprit n'est qu'un ennui que de moment en moment l'on chasse [184] », mais à condition que soit implicitement précisé qu'échappe à cette fatalité de l'ennui cette activité particulière de l'esprit qui intervient lors de la contemplation. Hors la contemplation, tout acte de l'esprit est au service de la volonté ; elle mène donc nécessairement soit à la souffrance, soit à l'ennui. Mais si l'ac-

■ Dessins
de Schopenhauer
en marge d'un
manuscrit.

tivité de l'esprit est entièrement déconnectée de la volonté, si elle fonctionne, pourrait-on dire, pour son usage propre, alors elle devient spectatrice, d'actrice qu'elle était ; et, par un paradoxe assez étonnant, elle cesse de s'ennuyer au spectacle d'un monde qui l'ennuyait tant qu'elle y jouait un rôle réel. En cessant d'être vécu, le monde a cessé d'être ennuyeux. Singulier paradoxe, mais qui s'éclaire aisément, comme nous le montrerons dans un instant. On sait que c'est l'expérience esthétique qui fournit à Schopenhauer la première occasion de décrire cette faculté de contemplation, c'est-à-dire « ce mode de connaissance pure, libre de tout vouloir, qui à vrai dire est le seul vrai bonheur, non plus un bonheur précédé par la souffrance et le besoin et traînant à sa suite le regret, la douleur, le vide de l'âme, le dégoût, mais le seul qui puisse remplir sinon la vie entière, du moins quelques moments dans la vie [185] ». Remarquons le mot « rempli » : voici qu'une activité humaine réussit à remplir le temps en partie, à y occuper une place réelle – et, Schopenhauer le précise, elle est la seule à pouvoir accomplir une telle performance (toute autre activité de l'esprit, toute recherche intellectuelle accomplie au service de la volonté s'accomplit à « temps perdu »). Dans la contemplation, le temps a en quelque sorte cessé d'être malade : il s'écoule de manière « saine », permettant à l'homme de saisir et de profiter de chacun de ses moments. Ce qui explique cette différence d'allure paradoxale entre l'ennui et la contemplation, c'est que cette dernière appartient au monde de la représentation, alors que l'ennui – même s'il est en apparence « désintéressé », puisqu'il souffre de ne plus réussir à s'intéresser – n'a pas cessé d'appartenir au monde de la volonté. Point essentiel : l'ennui, qui est la cessation momentanée du désir, n'est pas du tout pour autant la cessation de la volonté. Tout au contraire, c'est la volonté qui continue à faire souffrir, mais d'une manière morne et alanguie : à la douleur habituelle, violente, succède une douleur lancinante. On ne désire rien, mais on continue à vouloir ; on désirerait bien quelque chose, mais on ne saurait dire quoi – tout ce que l'on sait, c'est qu'on désire recommencer à désirer. On n'a plus besoin d'une satisfaction déterminée, mais on sait seulement qu'on a besoin d'avoir besoin. L'ennui est donc, tout autant que le désir, une affaire de volonté. Mieux, elle en est une fonction essentielle, puisque c'est l'ennui qui, en provoquant le dégoût devant le repos, incite perpétuellement la volonté à se réinvestir dans de nouveaux désirs.

Aussi la contemplation requiert-elle, comme Schopenhauer l'indique à plusieurs reprises, notamment à propos de la théorie du génie [186], un « surcroît » d'intellect : est disponible pour la contemplation toute activité intellectuelle non occupée à servir la volonté, c'est-à-dire tout excès d'intelligence par rapport aux stricts besoins de la volonté qui l'emploie. Il faut alors distinguer entre le loisir et la contemplation. Le loisir (*otium*) est l'intellect momentanément inoccupé : il n'a provisoirement rien à faire pour la volonté et s'ennuie. La contemplation est l'intellect momentanément occupé à des tâches n'intéressant pas la volonté : il a provisoirement beaucoup à penser pour lui-même et ne s'ennuie pas. Ce qui signifie que la contemplation dispose d'un surcroît intellectuel qu'elle peut investir dans des travaux étrangers à la volonté, ce dont est incapable le simple loisir. Dans les *Parerga et Paralipomena*, Schopenhauer exprime cette différence en ces termes :

> Notre vie pratique, réelle, dès que les passions ne l'agitent pas, est ennuyeuse et fade ; quand elles l'agitent, elle devient bientôt douloureuse ; c'est pourquoi ceux-là seuls sont heureux qui ont reçu en partage une somme d'intellect excédant la mesure que réclame le service de leur volonté.
>
> C'est ainsi que, à côté de leur vie effective, ils peuvent vivre d'une vie intellectuelle qui les occupe et les divertit sans douleur et cependant avec vivacité. Le simple *loisir*, c'est-à-dire un *intellect non occupé au ser-*

vice de la volonté, ne suffit pas ; il faut pour cela un excédent *positif de force* qui seul nous rend apte à une occupation purement spirituelle et non attachée au service de la volonté [187].

Un fragment de Vl. Jankélévitch, dans *l'Aventure, l'Ennui, le Sérieux,* nous mènera au cœur de cette différence entre l'ennui et la contemplation, en nous montrant comment, finalement, l'ennui reste fonction de la volonté, c'est-à-dire continue à vouloir et à désirer quelque chose, même très peu, même très faiblement : « Polymorphisme monotone et polychromie monochrome, l'ennui, un peu comme le réceptacle amorphe du *Timée,* accueillera n'importe quelle qualité ; mais, en se qualifiant, c'est-à-dire en devenant ceci ou cela, l'ennui se désennuie déjà quelque peu. Partout où nous en prenons conscience, l'ennui s'offre à nous déjà dans des conditions déterminées d'éclairage et de décor – *non plus comme apathie primordiale, mais comme vague préférence sensorielle, sentiment naissant* : voici quelque chose à décrire, des prédicats à énumérer ; *déjà la chaleur et les couleurs de la vie animent ce blanc visage.* L'ennui pur, c'est le sentiment qui n'est aucun sentiment, mais qui est la possibilité de tous les sentiments : dans la nébuleuse de l'ennui, toutes sortes d'humeurs possibles flottent au hasard, comme des figures de femmes dans une imagination amoureuse ; l'ennui réel choisit entre ces formes différentes et, choisissant, se rétrécit. Vides sont les steppes de l'ennui [188]. » L'ennui pur n'existe pas : c'est un pôle vers lequel tend la volonté affaiblie, mais qu'elle n'atteint jamais. Point zéro du désir, mais désir tout de même ; limite vers laquelle tend, sans l'atteindre absolument, l'exercice de la volonté. Avant de parvenir au silence absolu du désir, qui serait l'ennui pur, la volonté fait machine arrière et « rembraie » dans une direction indéterminée. On dira que l'ennui est la volonté à bas régime ; que dans l'ennui la volonté fonctionne à très bas régime, mais fonctionne tout de même : le moteur continue de tourner, le « contact » n'est jamais coupé. Aussi se présente-t-il toujours quelque « petit rien » pour désennuyer l'ennui, pour faire fonctionner la volonté en chômage, pour amuser l'intellect oisif le temps nécessaire à la « reprise » de la volonté – avant que la volonté, tel un moteur grippé, ne « cale ». Le temps de l'ennui ne marque aucune rupture, mais assure seulement une transition entre deux désirs : un passage au « point mort », certes, mais pendant lequel le moteur tourne. Il suffit d'un léger coup d'accélérateur de temps en temps pour s'assurer que le moteur reste en état de marche : quelque « amuse-volonté » y pourvoira aisément.

> Si, à un moment donné, il n'y a pas de *motifs* à saisir, alors la volonté se repose et l'intellect chôme, car la première, pas plus que l'autre, ne peut entrer en activité par sa propre impulsion ; le résultat est une effroyable stagnation de toutes les forces dans l'individu entier – l'ennui. Pour le combattre, on insinue sournoisement à la volonté des motifs petits, provisoires, choisis indifféremment, afin de la stimuler et de mettre par là également en activité l'intellect qui doit les saisir [189].

Bref, c'est toujours la volonté qui continue : alternativement en régime de désir et en régime d'ennui, mais sans jamais de solution de continuité. La volonté n'est pas interrompue par l'ennui ; seule la contemplation sera à même de réussir une telle « mise entre parenthèses ».

Que l'ennui ne soit pas la contemplation, que la contemplation n'ait aucun des caractères de l'ennui, c'est ce que prouverait enfin la nature même de la philosophie de Schopenhauer – nous voulons dire son caractère aigu et constamment intéressant, qui la met aux antipodes de toute philosophie ennuyeuse. Et pourtant, la philosophie de Schopenhauer n'est-elle pas contemplation de l'ennui, la longue histoire d'un ennui devant le monde et l'existence ? On pourrait en déduire qu'une telle philosophie réunit toutes les conditions favorables à l'éclosion de l'ennui chez le lecteur ; or il n'en est rien, et l'œuvre de Schopenhauer compte, au contraire, parmi les textes philosophiques les plus

■ Le poète Jacomo Leopardi (1798-1837). (Recanati, pinacothèque civile.)

vivants qui aient jamais été écrits. C'est qu'autre chose est l'ennui de vivre, autre chose la contemplation de la vie. De même que la contemplation n'est pas l'ennui, de même la philosophie de Schopenhauer – d'essence contemplative – n'est pas ennuyeuse. Et la réciproque est vraie, si du moins l'on suit là-dessus les propres sentiments de Schopenhauer : les philosophes que Schopenhauer appelle « universitaires [190] » n'ont pas connu l'ennui, mais ont su l'inspirer ; Schopenhauer, lui, connaît l'ennui, mais ne l'inspire pas. Cela en vertu d'un

principe simple : le démon de l'ennui n'étant pas exor-
cisé chez les premiers, leurs textes trouvent peu d'écho
auprès d'une affectivité ennuyée, indifférente, encline à
rejeter comme frivole toute pensée qui n'est pas d'abord
passée par l'épreuve de l'ennui. Au contraire, une pensée qui, comme celle de Schopenhauer, commence
par une métaphysique de l'ennui est propre à retenir
l'attention des lecteurs précisément sujets à l'ennui –
pour ces derniers, l'entreprise schopenhauerienne aura,
plus que les autres, valeur de « sérieux ». « Il y a,
remarque d'ailleurs assez malicieusement Schopenhauer
en conclusion de *la Volonté dans la nature,* moyen de
faire très sérieusement de la philosophie sans être ni
incompréhensible, ni ennuyeux [191] » ; « par contre,
écrit-il dans la préface au même ouvrage, la philosophie
des professeurs a au fond comme tâche d'exposer les
vérités premières du catéchisme sous le voile de phrases
et de formules fort abstraites, abstruses et difficiles, qui
vous torturent d'ennui [192] ».

Ce que nous disons là de la philosophie de Schopenhauer, il l'avait dit lui-même, et pour les mêmes raisons,
de l'œuvre de Leopardi :

> Personne [...] n'a été autant au fond du sujet et ne l'a
> autant épuisé que de nos jours l'a fait Leopardi. Il en
> est tout rempli et tout pénétré : la dérision et la misère
> de notre existence, voilà le tableau qu'il trace à chaque
> page de ses œuvres, mais pourtant avec une telle diver-
> sité de formes et de tours, avec une telle richesse
> d'images que, loin de provoquer jamais l'ennui, il excite
> bien plutôt chaque fois l'intérêt et l'émotion [193].

LES FIGURES
DE L'ENNUI

La vie comme déception

Que la vie soit médiocre et sans intérêt, qu'elle n'offre aucune possibilité de réaliser les plus nobles aspirations de l'humanité, lesquelles sont ainsi condamnées à demeurer mort-nées, c'est un thème qui, on le sait, a fleuri pendant tout le XIXᵉ siècle. L'ennui romantique, illustré par Chateaubriand ou Byron, et l'ennui symboliste de Baudelaire, Mallarmé, Flaubert et beaucoup d'autres, se ressemblent assez : ils ont en commun une même origine, la déception. Qu'elle soit jugée par les romantiques ou par les symbolistes, l'expérience de la vie doit répondre à un acte d'accusation identique : de n'être pas à la mesure des aspirations de l'homme, de décevoir les espérances naturellement placées en elle. Dans la scène finale d'Axel, Villiers de L'Isle-Adam résume le procès et donne le verdict : Sara et Axel, dans le souterrain où ils viennent de découvrir un fabuleux trésor, renoncent spontanément à une existence qui apparaît pourtant soudain très riche de promesses. Paradoxe éloquent : c'est au moment où tout finit bien, quand tout annonce le *happy end,* quand la vie apparaît sous son jour le plus riant, que le verdict de mort est prononcé. Axel ne veut pas vivre : « Pourquoi réaliser des rêves si beaux ? » Ne soyons pas dupes du réel

■ Illustration pour *La Divine Comédie* de Dante : « L'Enfer », par Gustave Doré. (Paris, BNF.)

ambiant et, comme le souhaite Axel dans la scène finale de la pièce, « puisse l'humanité entière nous imiter, quittant ce réel sans même un adieu ». Axel et Sara s'empoisonnent tandis que le rideau tombe et qu'on entend, en coulisse, le bourdonnement de la vie, d'une vie commune et sans attrait dont ni les protagonistes ni les spectateurs du drame ne doivent plus vouloir. Mallarmé avait déjà, dans une lettre à Cazalis, exprimé le même dégoût devant le réel et devant la vie : « Ici-bas, écrivait Mallarmé en une formule véritablement macabre, ici-bas a une odeur de cuisine [194]. »

S'il est présent dans l'œuvre de Schopenhauer, ce thème de la déception attachée à la pratique de la vie, à sa « réalisation » comme dit Axel, n'a évidemment rien de très original en un siècle où la plupart des écrivains se sont accordé à décrire la vie comme une aventure décevante et même, à la limite, dégradante. Notre problème ici sera seulement de déterminer si ce « niveau » de l'ennui est bien présent dans la sensibilité de Schopenhauer. La réponse à cette question n'est pas si évidente qu'il y paraît au premier abord. Il semble en effet qu'on doive répondre immédiatement par l'affirmative, et dire que Schopenhauer était bien avant tout un penseur que dégoûtait le spectacle de l'existence. Or, il faudrait ici un peu nuancer. Schopenhauer reproche certes à la vie son cortège de malheurs. Il ne lui reproche pas pour autant, avec la spontanéité d'un Byron ou d'un Baudelaire, son cortège d'humiliations. L'accent est porté sur la douleur plus que sur la dégradation : la vie, selon lui, fait souffrir beaucoup plus qu'elle n'humilie. En réalité, Schopenhauer se moque assez de la noblesse ou de l'honneur de l'espèce humaine, que cet honneur soit d'ordre chevaleresque, bourgeois ou sexuel : il manque rarement une occasion de s'en gausser [195], si Schopenhauer rejoint pourtant le courant général de son siècle, qui tend vers une dévalorisation en bloc de l'expérience de la vie et des fonctions vitales, c'est par un biais bien précis : la dévalorisation de l'amour. Il est vrai que ce point est d'importance, l'amour passant générale-

■ Lord Byron (1788-1824), par Géricault. (Montpellier, musée Fabre.) Schopenhauer reprenait volontiers la boutade de Byron sur les femmes : « Plus je vois les hommes, moins je les aime, si je pouvais en dire autant des femmes, tout serait pour le mieux. »

ment pour le secteur le plus intéressant de l'activité humaine. Or Schopenhauer proclame, preuves à l'appui, que l'amour est fondamentalement ennuyeux.

Dans cette condamnation de l'amour réside, on le sait, la source principale de la fortune, tardive mais prodigieuse, du schopenhauerisme dans la France et l'Europe

■ *Femme nue étendue et Femme jouant du clavecin*, par Johann Heinrich Füssli, 1799-1800. (Bâle, Offentliche Kunstsammlung.)

de la fin du XIXe siècle. L'Europe littéraire, c'est-à-dire essentiellement l'Europe symboliste, y trouvait la confirmation philosophique d'un diagnostic pessimiste porté depuis longtemps sur la « valeur » des sentiments amoureux, tout en ignorant tout, ou presque, du socle philosophique sur lequel avait poussé ce champignon vénéneux : la doctrine de la volonté. Comme le fait observer Guy Sagnes dans une thèse récente sur *l'Ennui*

dans la littérature française de Flaubert à Laforgue, Schopenhauer fut longtemps connu en France seulement par des sarcasmes, par des boutades : les extraits traduits par Jean Bourdeau, les *Aphorismes* traduits par Cantacuzène, le recueil paru chez Dentu sous le titre alléchant de *la Vie, l'Amour, la Mort.* Ces fragments donnent des aperçus brillants et paradoxaux sur Schopenhauer, sans souci de les relier à un corps doctrinal qui restera géné-

ralement lettre morte pour le public français. Il est donc tout naturel que Guy Sagnes, dans l'ouvrage que nous venons d'évoquer, ait situé son étude de Schopenhauer dans le chapitre intitulé « L'amour et l'ennui [196] » : littérairement parlant, Schopenhauer fut avant tout celui qui niait l'amour, qui ramenait l'amour à l'instinct. *Du Monde comme volonté et comme représentation,* on retient surtout l'affirmation d'un ennui universel – Édouard Pailleron, en 1881, c'est-à-dire au début de la grande vague schopenhauerienne en France, ne fait-il pas représenter *le Monde où l'on s'ennuie,* pièce qui met en scène une jeune fille disgracieuse occupée à traduire Schopenhauer ? Le « monde comme volonté et comme représentation », c'est le « monde où l'on s'ennuie » : d'un ennui qui trouve dans l'expérience amoureuse son expression la plus cruelle. Et l'amour est ennuyeux parce qu'il est décevant. Déception à un double niveau : d'une part, la doctrine schopenhauerienne nie toute autonomie chez le sujet amoureux, lequel croit céder à ses impulsions propres alors qu'il obéit seulement aux intérêts de l'espèce – il manque à l'homme l'initiative de ses folies, il s'abandonne de gaieté de cœur à des périls et des douleurs qui, dérision, ne le concernent même pas. En second lieu, la « vérité » de l'amour, qui est l'intérêt de la volonté, du vouloir-vivre de l'espèce, se réduit à une certaine conjoncture biologique qui dissout tous les rêves humains pour ne laisser en évidence que la réalité crue et bestiale d'un accouplement. On connaît la fortune de ce thème dans la seconde moitié du XIXᵉ siècle, avec Baudelaire, Mallarmé, Flaubert, Maupassant, Laforgue et tant d'autres.

Il faut remarquer, toutefois, que cette conception sarcastique de l'amour, qui impressionne en son temps, n'est à tout prendre qu'un brillant « épiphénomène » de la philosophie de Schopenhauer. On sait d'ailleurs que la *Métaphysique de l'amour* n'intervient qu'avec les *Suppléments* au *Monde comme volonté et comme représentation* [197], qui voient le jour vingt-cinq ans après la première publication de l'ouvrage principal. Épiphénomène

■ Frontispice
des *Fleurs du Mal,*
de Charles
Baudelaire, par
F. Bracquemond.
(Paris, BNF.)

LES FLEURS DU MAL

de la doctrine, et aspect mineur de l'ennui ; car, selon
Schopenhauer, l'existence n'est pas seulement décevante,
médiocre, réduite au biologique. Elle est ennuyeuse
pour des raisons plus profondes, dont la première est
qu'elle se répète sans cesse, apparaissant comme incapable d'apporter dans le monde la moindre variété, c'est-
à-dire le moindre changement.

La vie comme répétition

On l'a vu : l'ennui est d'abord une maladie du temps,
d'un temps qui n'arrive plus à s'écouler, d'une durée qui
ne se laisse plus « endurer [198] » – une *Langeweile*. Mal du
temps qui signifie que le temps ne bouge plus, peut se
comparer à un présent éternellement duratif et répétiteur : tel est bien le temps de la volonté, selon Schopenhauer. Le régime de la volonté ne fonctionne pas, en
effet, sur le mode évolutif, mais sur le mode répétiteur :
il ne s'agit jamais d'aboutir à quelque issue ou résultat
éloignés, mais seulement d'éternellement répéter un
premier, obscur et absurde dessein. La volonté ne veut
pas de modification de son statut : seulement une permanence de son état. Elle n'a donc nul besoin d'un
temps orienté vers un avenir, susceptible d'apporter pro-
gressivement du nouveau dans le monde ; il lui suffit
que le temps répète indéfiniment le présent. Aussi le
temps schopenhauerien peut-il se concevoir à l'image
d'un cercle qui tourne sur lui-même, et non d'une droite
orientée vers quelque avenir :

> Le temps peut se comparer à un cercle sans fin qui
> tourne sur lui-même [199].

Image du cercle qui est aussi celle d'un supplice, du
supplice de l'humanité condamnée à recommencer éternellement, et éternellement sans but réel, les mêmes
tâches :

> Ainsi le sujet du vouloir ressemble à Ixion attaché sur
> une roue qui ne cesse de tourner, aux Danaïdes qui
> puisent toujours pour emplir leur tonneau, à Tantale
> éternellement altéré [200].

Là est un des premiers grands secrets de l'ennui selon Schopenhauer. Il est aisé de montrer comment ce thème de la répétition est premier par rapport à toutes les idées de déception et de médiocrité que nous venons d'évoquer. Si l'existence est décevante, c'est qu'elle n'« apporte » jamais rien, au sens le plus général du terme : elle ne fait que répéter un contenu qui a déjà, et de tout temps, été « apporté » – la volonté. L'homme déçu peut bien se plaindre que la vie « ne lui ait rien apporté » : c'est qu'elle n'a jamais rien apporté à personne, elle qui se contente d'assurer la permanence d'un vouloir-vivre donné une fois pour toutes. Telle est, notamment, la raison profonde du dégoût devant la vie prosaïque, devant les nécessités biologiques et matérielles qui sont le support réel de l'existence humaine : si le biologique déçoit, s'il répugne à l'homme qui rêvait d'amour, c'est d'abord parce qu'il répète. Non seulement l'homme qui cède à l'amour s'aperçoit après coup qu'il a cédé à un désir qui lui était étranger et qui se réduit à d'assez viles opérations animales, mais, plus profondément, il s'aperçoit qu'il n'a rien fait, qu'il ne s'est rien passé, que l'événement amoureux n'était que répétition d'un vouloir dont le programme est prévu dans le détail depuis un passé immémorial : un « événement » en apparence seulement ! Rien ne s'est passé, et tout s'est répété une fois de plus. Ainsi la volonté, qui est le substrat de toute existence, apparaît comme une vaste machine à répéter, incapable qu'elle est de jamais rien produire. Malgré l'origine du mot (*nasci*, naître, croître), la « nature » – c'est-à-dire la volonté – n'a jamais rien fait naître, n'a donné lieu à aucune vraie « naissance ». D'où l'impossibilité de concevoir des modifications, d'où même l'impossibilité de concevoir de simples événements : il ne se passe jamais rien, il y a seulement quelque chose – la volonté dans tous ses rouages répétiteurs – qui continue. L'ennui, c'est donc le sentiment de l'éternelle permanence. Permanence absolue de toutes choses par-delà les apparents avatars du temps, que Schopenhauer a décrite en de nombreux passages de son œuvre, tel celui-ci :

Il n'est pas de plus frappant contraste qu'entre la fuite irrésistible du temps avec tout son contenu qu'il emporte et la raide immobilité de la réalité existante, toujours une, toujours la même en tout temps. Et si, de ce point de vue, on envisage bien objectivement les accidents immédiats de la vie, le *nunc stans* nous apparaîtra visible et clair au centre de la roue du temps [201].

On remarquera que le temps peut paraître mobile et servir efficacement les intérêts de la volonté dans la mesure où il est vécu sur un mode illusoire. Il faut, de toute nécessité, que l'homme perçoive comme mobile un temps qui est en réalité immobile. Aussi la rengaine du temps n'est-elle concevable, si elle veut rester efficace, que comme masquée, que comme ruse : en fait, le temps doit toujours laisser espérer des modifications, même infimes, s'il veut continuer à abuser les hommes. Schopenhauer le signale implicitement lorsqu'il remarque que « la devise générale de l'histoire devrait être : *Eadem, sed aliter* [202] ». Les mêmes choses, mais d'une autre manière, sous une présentation un peu différente, comme ces produits du commerce dont le vendeur, qui veut les faire passer pour nouveaux, ne renouvelle que l'emballage. Sans cet artifice de renouvellement, l'homme cesserait d'être dupe, tout désir cesserait et la vie (du moins la vie humaine) s'interromprait sur la terre. On refuserait la vie comme l'éventuel acheteur refuse un produit éventé et démodé. Pour faire passer ses produits, la volonté doit donc veiller avec un soin tout particulier à leur emballage : il faut nécessairement faire neuf, et faire neuf à chaque fois. Pascal avait déjà exprimé la même idée, en des termes très proches de ceux qu'emploiera Schopenhauer : « Une épreuve si longue, si continuelle et si uniforme devrait bien nous convaincre de notre impuissance d'arriver au bien par nos efforts ; mais l'exemple nous instruit peu. Il n'est jamais si parfaitement semblable qu'il n'y ait quelque délicate différence et c'est de là que nous attendons que notre attente ne sera pas déçue en cette occasion comme en l'autre. Et ainsi, le présent ne nous satisfaisant jamais, l'expérience nous pipe et, de malheur en malheur, nous mène jusqu'à la mort, qui en est un comble éternel [203]. » Toujours, en somme, un petit rien de différent pour faire passer la répétition, pour dissimuler la rengaine sous l'apparence du changement. On trouve une allusion au même thème, de manière un peu inattendue, dans le *Système de la nature* de D'Holbach [204] ; mais on sait que l'optimisme de D'Holbach, de rigueur en son siècle, n'était pas si accusé que celui de nombre de ses confrères philosophes.

À partir de cette intuition de la répétition, les désillusions s'enchaînent en cascade dans la pensée schopenhauerienne. C'est d'abord le règne de l'histoire qui se trouve remis en cause, l'histoire ne faisant que répéter l'éternel et aveugle dessein de la volonté humaine : son étoffe est composée non d'événements, mais de répétitions. Il n'y a pas à proprement parler d'événements historiques, et toute « philosophie de l'histoire » se trouve radicalement niée [205]. L'illusion majeure, si l'on suit Schopenhauer sur ce point, est l'attitude hégélienne face aux « événements » : Hegel ne saluait-il pas ceux-ci comme des signes tangibles, presque saints, du devenir de l'Esprit Absolu en action dans l'histoire du monde ? Pas le temps de s'ennuyer, dans un monde où il se passe tant de choses ! Aussi, pour Hegel, la lecture des journaux du matin pouvait-elle faire office de prière matutinale, comme il le déclare lui-même ; pour Schopenhauer, les journaux du jour n'annonceront jamais rien qui diffère radicalement de ce qui a toujours été – à la limite, la date du journal est indifférente et tous les journaux du monde pourraient inscrire la même date sur leur en-tête. C'est une méprise assez familière à ceux qui connaissent l'ennui que de lire distraitement un vieux journal en le prenant pour le journal du jour : le « fond de sauce » se ressemble assez, d'une semaine ou d'un mois à l'autre, pour que la méprise puisse durer quelque temps. Négation de l'histoire, donc, mais aussi négation de toute « histoire », de toute possibilité d'« aventure »,

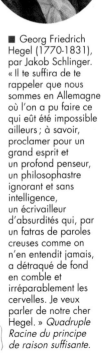

■ Georg Friedrich Hegel (1770-1831), par Jakob Schlinger. « Il te suffira de te rappeler que nous sommes en Allemagne où l'on a pu faire ce qui eût été impossible ailleurs ; à savoir, proclamer pour un grand esprit et un profond penseur, un philosophastre ignorant et sans intelligence, un écrivailleur d'absurdités qui, par un fatras de paroles creuses comme on n'en entendit jamais, a détraqué de fond en comble et irréparablement les cervelles. Je veux parler de notre cher Hegel. » *Quadruple Racine du principe de raison suffisante.*

qu'elle soit d'ordre héroïque, amoureux ou autre. L'aventure, n'est-ce pas en effet, comme le dit bien l'étymologie du mot, le domaine de ce qui est à venir, de la venue du futur ? Or, selon le temps schopenhauerien, nul futur n'est à venir, rien n'adviendra jamais à un présent qui se répète. Comme le dit Vl. Jankélévitch : « Où va le devenir ? Le devenir, comme l'éternel retour des cycles, va là même d'où il vient : *quo* et *unde* se rejoignent. Au lieu de faire advenir l'avenir, le devenir fait advenir… le passé [206] ! »

Dans ce naufrage universel de la notion de changement, on remarquera la place accordée par Schopenhauer à la critique de la modification individuelle. Pas plus que l'histoire des hommes en général, l'homme singulier n'a le pouvoir d'aller vers un avenir, de connaître des modifications au cours de sa propre histoire. Le caractère est fixé une fois pour toutes ; tel il était, tel il sera, tel il a toujours été. Quel ennui, de ne pouvoir se changer soi-même ! Ennui qui est d'ailleurs assez proche du désespoir et de l'angoisse. L'idée selon laquelle nous pouvons du moins disposer de nous-mêmes, au cours d'une vie et à l'intérieur d'un monde que nous n'avons pas choisis, semble en effet indéracinable et indispensable à l'homme, aussi nécessaire à la conscience que l'oxygène l'est au corps. Elle est pourtant rejetée comme illusion par Schopenhauer tout au long de son *Essai sur le libre arbitre* [207], comme en ce passage des *Parerga et Paralipomena* :

> La conscience, par exemple, accompagne chaque action de ce commentaire : « Tu pourrais bien agir autrement », tandis que sa signification réelle est : « Tu pourrais bien être un autre homme [208]. »

Vision pessimiste de la conduite humaine, très caractéristique de Schopenhauer, dont l'ennui est le principe central comme il en est le sentiment dominant. La reconnaissance de l'inchangeable monotonie des êtres au service d'une volonté constamment semblable à elle-même conduit nécessairement à l'interprétation pessimiste de toutes les « conduites », qu'elles soient humaines ou non.

Corollaire à cet ennui de la répétition : le monde et les hommes qui l'habitent offrent au regard philosophique un spectacle qui présente les caractères d'une tragi-comédie, voire d'une bouffonnerie. L'homme est, en somme, une marionnette : soit un être qui ne bouge que si l'on tire sur des fils pour le faire remuer. « On », c'est-à-dire la volonté : un principe qui est fondamentalement extérieur à l'homme. Il croit agir, alors qu'il est « agi » ; vouloir, alors qu'il est « voulu ». Les instructions qu'il exécute viennent d'ailleurs.

LES FIGURES
DE L'ENNUI

Schopenhauer
Orig. Zeichnung v. Lunteschütz

■ Arthur
Schopenhauer,
dessin à la plume
de Jules Lunteschütz.
(Francfort-sur-
le-Main, Stadt und
Universitätsbibliothek.
Schopenhauer Archiv.)

Par conséquent, si nous embrassons du regard la race
humaine avec ses agitations dans son ensemble et dans
sa généralité, le spectacle qui s'offre à nous est celui de
marionnettes tirées non par des fils extérieurs, à la
façon des marionnettes ordinaires, comme dans le cas
d'actes isolés, mais bien plutôt mues par un mécanisme
intérieur. Car la comparaison faite plus haut de l'activité incessante, grave et laborieuse des hommes avec le
résultat réel ou possible qu'ils en retirent, met dans tout
son jour la disproportion énoncée, en nous montrant

l'insuffisance absolue de la fin à atteindre, prise comme force motrice, pour l'explication de ce mouvement et de ces agitations sans trêve [209].

L'homme est incapable d'agir par lui-même : il est le grand niais, qui croit ce qu'on lui dit sans examen critique, désire quand on lui dit de désirer, souffre quand on lui dit de souffrir – et qui, quand on ne lui dit plus rien, s'ennuie. Que l'homme soit privé d'autonomie, qu'il soit incapable de rien vouloir ou désirer par lui-même, c'est en effet ce que met précisément en lumière l'expérience de l'ennui. Vous voulez agir par vous-mêmes, peut dire la volonté aux hommes ; soit, j'interromps provisoirement mon propre programme pour vous laisser le champ libre : voyons ce que vous allez faire. Mais, à la place des actes attendus, seul surgit l'ennui : l'homme n'a pas su ou n'a pas pu profiter de l'occasion. Quand on coupe les fils, quand la volonté cesse provisoirement de lui donner des instructions, la marionnette, ne sachant plus que faire, cesse toute activité et s'effondre : ce temps mort est le temps de l'ennui. Aussi dit-on à très juste titre de l'homme ennuyé qu'il « s'écroule d'ennui » : la volonté cessant de lui insuffler sa propre vie, la marionnette n'est plus soutenue par rien et tombe. Dérision suprême : toutes ces douleurs cruelles qui ponctuent l'existence humaine, et que l'homme a bien réellement éprouvées, tout cela ne lui appartenait même pas, n'était que des « ordres » venus de la volonté auxquels il a machinalement obéi – souffrances de poupée. Ainsi le dit bien Schopenhauer :

La vie de chacun de nous, à l'embrasser dans son ensemble d'un coup d'œil, à n'en considérer que les traits marquants, est une véritable tragédie ; mais quand il faut, pas à pas, l'épuiser en détail, elle prend la tournure d'une comédie. Chaque jour apporte son travail, son souci ; chaque instant, sa duperie nouvelle ; chaque semaine, son désir, sa crainte ; chaque heure, ses désappointements, car le *hasard* est là, toujours aux aguets pour faire quelque malice ; pures scènes comiques que tout cela. [...] On dirait que la fatalité veut, dans notre existence, compléter la torture par la dérision ; elle y met toutes les douleurs de la tragédie ; mais, pour ne pas nous laisser au moins la dignité du personnage tragique, elle nous réduit, dans les détails de la vie, au rôle du bouffon [210].

La vie comme absence

Peut-être faut-il aller un peu plus loin. À partir du moment où l'homme n'est qu'en apparence le sujet de son désir, où il ne désire pas vraiment ce qu'il croit expérimenter comme désir, il est clair que tout ce dont l'homme rêve relève d'une fondamentale fantasmagorie. Mais en un sens nouveau par rapport à la simple expérience de la déception, qui se contentait de constater que la vie ne répondait pas aux aspirations humaines. Ici, c'est l'aspiration elle-même, le désir sous toutes ses formes, qui apparaissent soudain comme fictifs, comme absents. La déception a pour ainsi dire changé de bord : ce n'est plus l'objet qui déçoit le sujet, c'est le sujet qui se déçoit lui-même. Ce n'est plus l'objet du désir qui se dérobe au sujet, c'est le désir lui-même qui disparaît, incapable qu'il est de se constituer en sujet. L'homme ne désire rien : « on » désire pour lui. Le désir réel, c'est-à-dire un désir qui serait le propre désir de l'homme, est absent. Troisième degré de l'ennui : l'incapacité constitutionnelle où est l'homme non seulement de satisfaire ses désirs, mais encore tout simplement de désirer. L'ennui s'est ici approfondi ; il ne porte plus sur l'objet du désir (et son manque), mais sur le sujet du désir et son manque. Si la vie est décevante, le bonheur et l'aventure impossibles, c'est que ceux-ci ne sont pas des thèmes définissables : tout au plus d'indescriptibles rêveries auxquelles il est impossible d'assigner un sens, des « pseudo-pensées » qu'on s'imagine penser alors qu'on ne fait que les « pseudo-penser » – à la manière de ces impressions de bonheur ou d'angoisse, ou encore de ces fugitives suggestions de sens qui se glissent dans le sommeil mais se réduisent, au réveil, à des riens ou à une vague succession de sons inarticulés. On rêvait qu'on était heureux, qu'on avait peur, qu'on pensait quelque chose ; on s'aperçoit après coup qu'on n'était heureux de rien, qu'on n'avait peur de rien, qu'on ne pensait rien. Ainsi l'homme peut « rêver » qu'il désire, tant qu'il sommeille ; vienne à se réveiller l'esprit critique, et la « nature » du désir s'évanouit.

L'homme, donc, s'imagine bien qu'il désire ; mais en réalité il ne désire pas, car il ne désire jamais rien de concevable. Et si l'objet du désir se dérobe sans cesse, c'est que le désir lui-même est illusion. Désillusion finale, qui annonce un ennui définitif et sans remède : même s'il y avait des objets désirables à obtenir dans l'existence – ce qui n'est par ailleurs pas le cas –, l'homme serait incapable de les obtenir, par incapacité de les désirer. L'ennui n'est donc plus un des aléas de la vie, une possibilité affective parmi d'autres, mais le fond même de l'affectivité humaine : c'est-à-dire une sorte d'incapacité originelle à être affecté.

Le poème chorégraphique de Paul Dukas, *la Péri,* illustre de manière particulièrement saisissante le mécanisme de cette fantasmagorie du désir. On connaît l'argument de ce ballet que Dukas a emprunté à une légende persane. Le prince Iskender, voyant ses jours décliner, part à la recherche de la fleur d'immortalité. Cette course le conduit jusqu'aux extrémités de la terre. Enfin, sur les degrés du palais d'Ormuzd, il aperçoit, endormie, la Péri qui tient à la main une fleur de lotus, la fleur d'immortalité recherchée. Après avoir longuement contemplé la Péri, Iskender, qui est déjà épris, s'approche et dérobe la fleur. Mais la Péri s'éveille et, constatant le larcin, entreprend de danser pour séduire Iskender et obtenir de celui-ci la restitution de son bien. Troublé puis vaincu, Iskender rend sans regret la fleur d'immortalité à la Péri qui, sitôt rentrée en possession de son bien, disparaît. Demeuré seul, le prince comprend que sa fin est désormais proche.

En un premier sens, évident, *la Péri* est l'histoire d'une fatalité : elle dit le caractère insaisissable du bonheur,

■ *La Péri.* (Paris,
bibl. de l'Opéra.)
Ballet fantastique
de Théophile Gautier,
chorégraphie
de Coralli, musique
de Burgmuller.

montre comment chaque satisfaction s'évanouit avant
d'avoir été expérimentée. *La Péri* est le poème de l'évanescence pure, de la disparition inéluctable, du creux
qui sommeille sous l'apparence de chaque plein. Mais
pourquoi toute satisfaction s'évanouit-elle ainsi nécessairement ? Pourquoi, après chaque satisfaction avortée, se
retrouve-t-on toujours comme le prince Iskender à la fin
du poème de Dukas : seul, perdu, et dans les parages de
la mort ? Ce que raconte *la Péri* est l'évanescence obliga-
toire de tout ce que l'homme se propose d'atteindre, et
ce précisément au moment où il l'atteint : en fait, ce qui
est ainsi symbolisé n'est pas la fragilité de l'objet désiré
(car, après tout, la Péri pourrait bien accorder ses
faveurs au prince Iskender ; de telles choses arrivent de
par le monde), mais la fragilité du désir lui-même. Il
faut, en somme, attendre le moment de la satisfaction
pour découvrir que le désir était illusoire. Poème de la
fatalité, *la Péri* est aussi le poème de l'ennui : de l'ennui
où est l'homme de ne pas savoir désirer. Ennui de

nature profondément schopenhauerienne, et cela pour trois raisons. Apparaissent en effet, dans *la Péri*, les trois degrés de l'ennui que nous avons jusqu'à présent dégagés : la déception (Iskender n'obtiendra ni la fleur, ni la Péri), la répétition (car la quête d'Iskender symbolise l'éternelle répétition de l'entreprise amoureuse), enfin l'absence (la déception finale d'Iskender symbolisant la « porosité » du désir).

Cette mésaventure d'Iskender est d'autant plus conforme aux vues de Schopenhauer que s'y trouve, par surcroît, impliqué un autre grand thème schopenhauerien : l'identité fondamentale entre la vie et la mort, que nous évoquerons un peu plus loin. C'est en effet l'amour de la vie (c'est-à-dire le désir de l'amour) qui perd Iskender et le conduit insensiblement à la mort : quand le rideau tombe, amour et mort apparaissent comme indistinctement, constitutionnellement confondus. « Joie de l'amour, joie de la mort ! », disent Siegfried et Brunnhilde à la fin de *Siegfried*. Et Pelléas, à la fin du quatrième acte de *Pelléas et Mélisande* : « Tout est perdu, tout est sauvé ! » – tout est sauvé pour l'amour et tout est perdu pour la vie ; la mort est là qui va sceller, dans quelques instants, cette fatale « réussite » amoureuse. Ainsi dans *la Péri* : pour avoir encore une fois voulu l'amour, Iskender trouve la mort qui était déjà, et depuis toujours, à la clef de toute entreprise amoureuse, à la source même du désir.

> Le commencement se relie à la fin, et Éros est en connexion mystérieuse avec la mort. *Orcus* est non seulement *Celui qui prend,* mais aussi *Celui qui donne*[211].

Cette rencontre finale avec la mort n'est au fond, pour Iskender, que des retrouvailles.

Avec cette vision de la fragilité du désir, nous retrouvons d'ailleurs, encore une fois, le thème de la bouffonnerie. L'absence de contenu du désir – c'est-à-dire l'impossibilité tant d'obtenir des satisfactions que de définir des désirs fait de l'expérience du désir une expérience grotesque. Comme le dit Schopenhauer :

C'est en apparence seulement que les hommes sont attirés en avant ; en réalité ils sont poussés par-derrière ; ce n'est pas la vie qui les attire, mais c'est le besoin qui les presse et les fait marcher. La loi de motivation, comme toute causalité, est une pure forme du phénomène. Pour le dire en passant, là est l'origine de ce côté comique, burlesque, grotesque et grimaçant de la vie : car un individu chassé en avant malgré lui se démène comme il le peut, et la confusion qui en résulte produit souvent un effet bouffon [212].

Mais la vie n'est pas seulement grotesque ; elle est surtout illusion, absence, non-être. C'est d'ailleurs son manque de réalité qui la rend précisément grotesque. On connaît le mot de Rimbaud dans *Une saison en enfer* : « La vraie vie est absente. » Mot qui ne doit pas s'entendre au seul sens baudelairien (la vie réelle, quotidienne, n'a aucun intérêt ; la seule vie qui mériterait d'être vécue, vie idéale, est hors de portée). Que la vraie vie soit absente signifie aussi, dans une perspective schopenhauerienne, que la vie réelle est absence. La trame du réel, de notre vie bien vivante, est constituée de creux et de riens : fausses douleurs, pseudo-désirs, illusions du besoin et de l'attente. D'où, on le sait, l'amère conclusion du *Monde comme volonté et comme représentation* :

Pour ceux que la volonté anime encore, ce qui reste après la suppression totale de la volonté, c'est effectivement le néant. Mais, à l'inverse, pour ceux qui ont converti et aboli la volonté, c'est notre monde actuel, ce monde si réel avec tous ses soleils et toutes ses voies lactées, qui est le néant [213].

D'où enfin le caractère non seulement ennuyeux, mais à la limite inquiétant de l'existence réelle. La vraie vie est absente, cela veut dire aussi que la « vraie » vie est une « fausse » vie, qu'elle constitue un décor tout à fait différent du milieu dans lequel l'homme se figure évoluer. La vie réelle apparaît alors comme inquiétante dans la mesure où elle récuse toute familiarité : elle n'est nullement ce que l'on croyait, elle est une inconnue qui se révèle tout à coup derrière la familiarité apparente. De l'ennui, on glisse ainsi à l'épouvante.

De l'ennui à l'épouvante : le monde comme « étrangement inquiétant »

La levée des illusions, qui est le principal but de Schopenhauer, nous a amené à un résultat quelque peu inattendu : le « réel » que dévoile la désillusion n'est pas le réel quotidien, prosaïque, banal et ennuyeux. Tout au contraire : cette réalité là, telle qu'elle est quotidiennement et banalement vécue, est illusoire. Le réel non illusoire, que révèle l'approfondissement de l'ennui, n'est rien moins que quotidien et familier : il est inhabituel, étrange et déroutant. C'est à peine s'il est possible de le décrire, car il échappe à toutes les catégories dont nous nous servons habituellement pour rendre compte des principaux caractères de l'existence. Il ne connaît ni cause, ni fin, ni devenir. Plus profondément, il n'est ni mort, ni vivant. Le mot par lequel il se définit est peut-être celui de facticité, au sens que certains philosophes contemporains ont donné à cette notion. Par facticité, il faut entendre essentiellement caractère faux : ce qui caractérise le monde, c'est qu'aucune des qualités par lesquelles on le définit n'a de réalité. Le monde réel est le règne de la fausse cause, de la fausse finalité, du faux devenir, de la vie fausse et de la mort fausse sans oublier les fausses douleurs et les fausses joies.

Examinons quelques-uns de ces secteurs de facticité, tels que les a explorés Schopenhauer. Nous avons déjà évoqué la facticité du temps, ou plutôt celle du devenir : seul existe le présent, c'est-à-dire un instant éternellement figé, qui « dure » mais ne « bouge » pas.

> La forme [...] de la vie et de la réalité, c'est le *présent*, le présent seul, non l'avenir, ni le passé ; ceux-ci n'ont d'existence que comme notions, relativement à la connaissance et parce qu'elle obéit au principe de rai-

■ *Les Fantômes,*
gravure d'après
Louis Boulanger.
(Coll. part.)
« D'une façon
générale, l'instant
même du passage
de la vie à la mort est
peut-être comparable
au réveil d'un lourd
sommeil chargé
de visions et de
cauchemars. »
*Le Monde comme
volonté et comme
représentation.*

son suffisante. Jamais homme n'a vécu dans son passé,
ni ne vivra dans son avenir ; c'est le *présent* seul qui est
la forme de toute vie. [...] Le présent existe toujours,
lui et ce qu'il contient ; tous deux se tiennent là, solides
en place, inébranlables [214].

Cette conception schopenhauerienne du temps nous
est maintenant familière. Ajoutons ici cette simple
remarque qu'une telle conception va à l'encontre de la
représentation habituelle, celle-ci profondément ancrée
dans la pratique de la vie : le temps vécu n'est donc pas
le temps réel. Le réel pratiquement vécu est ainsi nécessairement illusoire, le temps vécu sera toujours un
temps faux. Remarque qui n'est pas sans conséquences
si l'on songe que, de manière plus générale, le vécu,
pour Schopenhauer, sera toujours à l'image de ce faux
temps : le « vraiment » vécu, toujours aussi un « faussement » vécu. Et, dans la mesure où la représentation –
en dehors de la contemplation – est toujours au service
du vouloir-vivre, on devra même ajouter : le « vraiment » pensé, toujours aussi un « faussement » pensé.

Nous sommes ici, en somme, à la fois très proches et
très éloignés de Platon. Ce qu'il y a de platonicien chez
Schopenhauer, c'est d'avoir assimilé le réel à l'illusoire,
tout comme Platon assimile le monde sensible aux
ombres de la caverne : même effort, chez les deux
philosophes, pour dissiper l'illusion et dissoudre le
royaume des apparences. Mais ici s'arrête la parenté :
car l'illusoire schopenhauerien ne se confond pas avec
l'ombre platonicienne. Différent en effet est leur rapport
à la vérité vraie, c'est-à-dire à l'Idée chez Platon, à la
volonté chez Schopenhauer. Chez Platon, l'apparence
c'est la réalité dégradée. Le monde sensible nous présente une réalité en ruine : l'Idée ne s'y manifeste plus
que par signes, par bribes, que le philosophe devra
interpréter grâce à la dialectique, grâce aussi à l'appoint
de providentielles réminiscences. Réalité lacunaire,
semi-réalité : sorte de puzzle dont certaines pièces man-
quent, certaines autres non. Au philosophe de retrou-

ver les pièces manquantes ! Comme Cuvier, il s'efforcera de reconstituer l'ensemble à partir de quelques éléments non disparus. Chez Schopenhauer, l'apparence n'est pas réalité dégradée, mais réalité travestie. Le monde vécu a fait disparaître de la scène toute la réalité : plus aucun vestige pour une reconstitution éventuelle. La volonté, qui est la réalité vraie, ne se manifeste plus du tout dans la représentation ; elle met, au contraire, tous ses efforts à se faire oublier, à effacer ses traces. Aussi, à la différence de l'Idée platonicienne, est-elle entièrement absente du monde vécu, ne se manifeste-t-elle par aucun signe. Réalité non dégradée ni lacunaire donc, mais factice : un décor entièrement faux, auquel nul détail ne manque. Les pièces du puzzle figurent au grand complet, mais c'est l'ensemble du jeu qui est truqué : la figure représentée est fausse. La divergence entre Schopenhauer et Platon ne se limite d'ailleurs pas à cette conception différente du rapport entre le réel et l'illusion : elle porte aussi sur la conception du réel lui-même, qui diffère fondamentalement quand on passe de l'Idée platonicienne à la volonté schopenhauerienne. L'Idée est un principe d'ordre et d'explicitation supérieure : une Raison à moitié invisible, mais qui ne demanderait qu'à apparaître et tend perpétuellement à se manifester dans le sensible. La volonté est le substrat irrationnel de l'existence : une absurdité entièrement cachée, et qui a de bonnes raisons pour demeurer masquée.

Ce qui sert de cadre intellectuel et affectif à l'existence humaine est donc, pour Schopenhauer, un ensemble de faux sentiments et de pseudo-concepts, dont le rôle est de dissimuler l'étrangeté absurde de la volonté. La « vie » elle-même n'est peut-être que le plus trompeur de ces pseudo-concepts. La vie, dans son ensemble, est-elle véritablement vivante ? Ne fait-elle pas, depuis toujours, seulement semblant de vivre ? En quoi la taupe qui creuse dans l'obscurité [215] est-elle plus vivante que la matière dans laquelle elle évolue ? Ceux qui parlent autour de nous sont-ils en vie, ou bien des cadavres qui imitent adroitement la vie ? Et nous-mêmes qui parlons, sommes-nous vivants ou morts ? La vie n'est, après tout, que la permanence de la volonté, c'est-à-dire de quelque chose d'immuable et de figé, qui n'évolue pas et qui, dans le cas de ce que nous appelons « vie », présente seulement le caractère particulier de pouvoir se « ventiler » temporellement, sur le mode répétitif. Cette répétition du Même selon l'ordre trompeur du temps, voilà bien l'ennui ! Et c'est l'ennui qui permet de révéler la volonté en tant que telle, en retrouvant ce Même qui essaie de se travestir en variations successives. L'expérience de l'ennui nous fait connaître le vrai visage de la vie : c'est celui de la mort, d'une mort qui a simplement trouvé le moyen d'emprunter les vêtements du temps. Schopenhauer le déclare explicitement dans les dernières phrases des *Aphorismes sur la sagesse dans la vie* :

> La *mort* est le grand *réservoir de la vie*. C'est bien de là, oui de là, c'est de *l'Orcus* que tout vient, et c'est là qu'a déjà été tout ce qui a vie en ce moment [216].

Le monde ne paraît vivre que si on se place dans le cadre (illusoire) de la représentation temporelle ; ôtez le temps (c'est-à-dire, restituez au temps son immobilité) et toute vie disparaît. C'est le monde « phénoménal » qui a l'apparence de la vie ; le monde « nouménal », le monde « en soi », le monde réel est, lui, sans vie. « Le monde, selon Schopenhauer, est mort depuis toujours, écrit Clément Rosset ; "on croit" qu'il vit, et la plus profonde démystification schopenhauerienne est de s'aviser qu'il fait seulement semblant de vivre, qu'il mime maladroitement la vie. En réalité, il ne vit pas plus que les membres du squelette actionnés par des ficelles n'effectuent de véritables mouvements. D'où l'angoisse devant cette mort qui se *travestit* sans cesse, ces cadavres qui prétendent toujours singer les vivants. L'angoisse schopenhauerienne afférente à la répétition se déploie bien sur fond de mort, la répétition étant l'imperceptible défaut où se reconnaît le mouvement emprunté d'une vie postiche [217]. »

Facticité de la vie, donc ; et, en corollaire, facticité de la mort, à laquelle Schopenhauer a consacré tout un long chapitre des *Suppléments* au livre IV du *Monde comme volonté et comme représentation* [218]. L'objet de ce chapitre est de dire l'apparence de la mort, d'établir qu'en dépit des interruptions individuelles, le même contenu de volonté continue à se manifester dans l'existence, sans perte ni ajout. Rien ne naît et rien ne meurt : disparaît seulement un certain mode de représentation du monde lié à l'intellect d'un individu particulier ; reste intacte la somme des volontés qui constituent la nature du monde. D'où ce paradoxe extraordinaire : ce qui meurt, c'est le monde en tant que je me le représentais ; le moi, en tant qu'il voulait et continue, en somme, à vouloir, ne meurt pas.

> Les affres de la mort reposent en grande partie sur cette apparence illusoire que c'est moi qui va disparaître, tandis que le monde demeure. C'est bien plutôt le contraire qui est vrai : le monde s'évanouit ; mais elle persiste, la substance intime du moi, le support et le créateur de ce sujet dont la représentation constituait toute l'existence du monde [219].

Dans la mort, tout meurt, sauf moi-même ! Le monde disparaît, mais moi qui croyais mourir, je continue à vivre :

> Notre être véritable est hors des atteintes de la mort [220].

Schopenhauer retrouve ici, assez curieusement, un des éléments les plus anciens de la légende des vampires. L'homme schopenhauerien est un vampire : tel un vampire, il est condamné à ne jamais mourir, à ne jamais connaître l'apaisement de la mort. Son inquiétude la plus profonde est de n'avoir pas accès à la mort : il s'ennuie de ne jamais mourir... Mais, chez Schopenhauer, le monde n'est en réalité ni mort ni vivant ; il « est », simplement, c'est-à-dire veut, indépendamment de toute notion de vie ou de mort. L'être, dont le sub-

■ *Le Vampire*, gravure d'après Max Kamn. (Paris, bibl. des Arts décoratifs.) « Si l'on frappait à la pierre des tombeaux, pour demander aux morts s'ils veulent ressusciter, ils répondraient non. » *Le Monde comme volonté et comme représentation*.

strat est la volonté, ne connaît pas d'éclipses ; toujours il a été, toujours il sera, en une permanence à laquelle ni la notion de vie ni celle de mort ne conviennent :

> La mort, c'est un sommeil, où l'individualité s'oublie ; tout le reste de l'être aura son réveil, ou plutôt il n'a pas cessé d'être éveillé [221].

Et l'on peut conclure, avec C. Rosset, que, « en définitive, au regard de la doctrine de la volonté, rien ne peut distinguer la mort de la vie [222] ».

L'entreprise de démystification schopenhauerienne en vient ainsi à priver le réel le plus familier de tous les caractères habituels de la réalité : ce qui nous entoure, ce sur quoi on table constamment, est un trompe-l'œil. Or, ce caractère trompeur de ce qu'on croit, ou plutôt de ce qu'on croyait connaître, est en même temps un caractère angoissant, comme l'a bien montré la psychanalyse, notamment Freud dans un essai [223] sur « l'étrangement inquiétant ». Il est très inquiétant que le regard humain se repose sans cesse sur des objets irréels, que la vie tout entière fasse perpétuellement confiance à des connaissances fausses. Une fois reconnue cette fausseté foncière de l'« environnement », surgit le doute, une indécision permanente quant à la nature de ce qui nous entoure quotidiennement. Coppélia est-elle vivante ou automate ? Qui sont les fous, qui sont les médecins, dans ce curieux hospice du docteur Goudron et du professeur Plume, décrit par Edgar Poe avant d'être porté sur la scène par André de Lorde, le créateur du théâtre d'épouvante ? L'homme qui me parle en ce moment si familièrement est-il ami ou meurtrier ? Ce sentiment d'insécurité intellectuelle qui est, si l'on en croit Freud, un des traits caractéristiques de l'angoisse, prévaut à chaque instant dans le monde schopenhauerien. Toutes les « notions-cadres » qui lui servent de décor révèlent à l'examen une semblable et inquiétante duplicité : la mort n'est pas morte, la vie n'est pas vivante, le temps n'est pas temporel. Le monde que l'on croyait familier se révèle radicalement étranger. Sentiment d'étrangeté inquiète – fruit empoisonné de l'étonnement philosophique – qui finit par l'emporter sur le sentiment de l'ennui, et que Schopenhauer exprime une fois en ces termes :

> Le philosophe, en face de la science étiologique complète de la nature, devrait éprouver la même impression qu'un homme qui serait tombé, sans savoir comment, dans une compagnie complètement inconnue et dont les membres, l'un après l'autre, lui présenteraient sans cesse quelqu'un d'eux comme un ami ou un parent à eux et lui feraient faire sa connaissance ; tout

en assurant qu'il est enchanté, notre philosophe aurait cependant sans cesse sur les lèvres cette question : Que diable ai-je de commun avec tous ces gens-là [224] ?

Comme la vie, comme la mort, comme le temps, les « causes » par lesquelles la philosophie veut rendre compte du réel sont, en effet, entièrement factices : le monde réel – la volonté – est sans cause, incompréhensible. Là encore, on n'avait pas affaire à ce que l'on croyait : la causalité est étrangère au monde réel. De désillusion en désillusion, le monde apparaît finalement comme étrange et impensable ; derrière l'ennui de la monotonie se profile l'angoisse de l'inconnu. La métaphysique de l'ennui aboutit à un monde entièrement étranger à l'homme, une fois dissipée l'apparence de sa familiarité équivoque. Elle débouche ainsi nécessairement sur l'incertitude et l'angoisse, même si chez Schopenhauer le thème n'est présent que de manière implicite. Ce qui reste du monde, une fois que l'ennui a dissipé les prestiges de sa représentation, est en effet le contenu le plus inquiétant qui se puisse concevoir : la volonté n'est-elle pas l'insensé à l'état pur, la folie ?

Le vouloir-vivre nous apparaît, pris objectivement, comme un fou [225].

L'homme détrompé par l'ennui est aussi un homme angoissé : il découvre qu'il est un fou qui s'ignorait.

LES MÉTAMORPHOSES DE L'ENNUI

**Les trois étapes de libération
du vouloir-vivre : trois remèdes à l'ennui**

Après l'analyse du mal, l'étude des remèdes.
Thérapeutique qui est d'ailleurs le but principal de l'œuvre de Schopenhauer tout entière,
qui se propose d'arracher les hommes à la
souffrance et à l'ennui. Issue de l'expérience
de l'ennui, dont nous avons dit l'importance
fondamentale dans la genèse de la pensée
schopenhauerienne, la philosophie doit ensei-
gner des échappatoires à l'ennui. Échappatoires qui sont, on le sait, d'abord d'ordre esthétique (théorie de l'art et de la contemplation :
livre III et *Suppléments* au livre III du *Monde comme
volonté et comme représentation*), puis d'ordre moral
(théorie de la pitié et de l'ascétisme : livre IV et *Suppléments* au livre IV). Autant que de remèdes à la souffrance
et au désir, il s'agira de remèdes à l'ennui dont on a vu
qu'il était, en quelque sorte, au cœur de la souffrance : la
souffrance de ne presque plus désirer… S'arracher à la
volonté, comme nous y invitent, selon Schopenhauer,
l'art et la morale, c'est aussi s'arracher à l'ennui.

Il faut en effet rappeler ici ce que nous avons men-
tionné plus haut : l'appartenance originelle de l'ennui au
royaume de la volonté. Les remèdes à l'ennui, tels que
va nous les proposer Schopenhauer, seront donc très

■ Portrait de
Schopenhauer,
photographie, 1859.

différents de ceux auxquels on songe immédiatement lorsqu'on parle de « remèdes à l'ennui ». Ils ne consisteront pas en nouvelles distractions, en nouveaux désirs, dont le seul effet serait de faire « repartir » à grand train une volonté qui fonctionnait à bas régime, préparant ainsi la venue d'un nouvel ennui :

> Tel l'homme épuisé espère trouver dans des consommés et dans des drogues de pharmacie la santé et la vigueur dont la vraie source est la force vitale propre [226].

Les vrais remèdes à l'ennui ne devront pas être recherchés à l'extérieur, dans de nouveaux objets de convoitise, mais à l'intérieur, dans une « conversion » du désir qui tient à la fois de la conversion plotinienne (conversion du regard) et de la conversion au sens chrétien du terme [227], dans une « transformation transcendantale » qui est « le seul acte de notre liberté [228] » : la cessation de toute convoitise. À la rigueur, l'ennui ne se surmonte pas, et il n'est aucune philosophie qui puisse y apporter des remèdes : l'ennui n'a-t-il pas raison, après tout, n'est-il pas dans le vrai quand il fait ressortir la vanité du désir, l'impossibilité de la satisfaction ? Le tort de l'ennui, c'est de ne pas accepter cette vanité du désir, c'est de souffrir de ce néant de la volonté : son tort, en somme, est de s'ennuyer… Et c'est ici qu'intervient le vrai remède, la libération philosophique. Ce que peut la philosophie, en effet, c'est cesser de s'intéresser aux objets dont le manque provoque l'ennui : en cessant de désirer, on ne souffrira plus des lacunes du désir, de ces fâcheux temps morts de la tendance. Cesser de désirer, c'est cesser de s'exposer à l'ennui.

C'est en ce seul sens que les trois étapes de libération à l'égard de la volonté – l'art, la morale de pitié, l'ascétisme constituent trois véritables remèdes à l'ennui. Ce célèbre programme de sauvetage philosophique consiste non à trouver des raisons de surmonter l'ennui, mais à découvrir des moyens de cesser de le vivre, en faisant de l'ennui un spectacle. Vivre l'ennui suppose en effet qu'on ne le pense pas en tant que tel, qu'il est trop près de notre affectivité pour que nous puissions le comprendre et l'analyser : en le mettant à distance, loin de nous, sur la scène, nous apprendrons à le connaître et, dans cette mesure même, à cesser d'en être affectés. En lui restituant son caractère théâtral (c'est-à-dire en ramenant ce qui est fondamentalement théâtral et illusoire – la vie, le désir – sur la scène du théâtre), on ôte à l'ennui à la fois son caractère de rengaine nauséabonde et son caractère inquiétant. L'ennui vécu se métamorphose en ennui contemplé, ce qui modifie la structure de l'ennui : maintenant l'homme qui s'ennuie sait à qui et à quoi il a affaire. Et un tel regard sur l'ennui n'est plus exactement un regard ennuyé : l'ennui vécu ennuyait, l'ennui contemplé laisse indifférent. Pour un peu, même, il commencerait à intéresser, mais d'un intérêt contemplatif qui est entièrement étranger aux intérêts de la volonté : intérêt qui est, on le sait, celui de l'art selon Schopenhauer. Il n'y a donc pas, à proprement parler, d'échappatoires à l'ennui, mais des métamorphoses de l'ennui qui vont de pair avec cette modification fondamentale du regard que nous rencontrons dans l'expérience esthétique, puis dans l'expérience morale.

L'art ou l'ennui contemplé

L'activité esthétique est, chez Schopenhauer, le résultat d'une trahison : elle commence avec une rupture unilatérale du contrat qui liait l'intelligence à la volonté. Dans l'art, les fonctions de représentation abandonnent soudain leur rôle naturel et la fonction qui est la leur dans l'exercice de la vie : elles trahissent, et ce pour la première fois, les intérêts de la volonté. Elles font, si l'on ose dire, « bande à part » : se mettant brusquement à agir pour leur intérêt propre. En de multiples pages, Schopenhauer a décrit le mécanisme de cette trahison :

> Ce changement consiste en effet dans une séparation momentanée et complète de la connaissance d'avec la volonté propre : la connaissance doit alors perdre tota-

■ Mozart. « Moi, Schopenhauer, je reste fidèle à Rossini et à Mozart ! » (Conversation avec Wille.)
Bien que pessimiste, Schopenhauer, appréciait particulièrement les musiques jubilatoires. Il aimait l'allégresse mozartienne.
Ce qui faisait dire à Nietzsche : « Je me demande, en passant, si un pessimiste, un négateur de Dieu et de l'univers qui joue de la flûte, a le droit de se dire véritablement pessimiste. »
Par-delà le bien et le mal.

■ Vincenzo Bellini.
(Bologne, Conservatoire
de musique.)
Schopenhauer aimait
particulièrement la
Norma qu'il qualifie de
« musique délicieuse »
et surtout le duo
« Qual cor tradisti,
qual cor perdesti »
où « la conversion de
la volonté est clairement
indiquée par le
calme soudain de la
musique ». *Le Monde
comme volonté et
comme représentation.*

lement de vue le précieux gage qui lui est confié et considérer les choses comme si elles ne pouvaient jamais concerner en rien la volonté. Car c'est le seul moyen pour la connaissance de devenir le pur reflet de la nature objective des choses [229].

Le fruit – nullement empoisonné – de cette trahison est double. D'une part, la désertion des intérêts de la volonté permet une complète disponibilité intellectuelle, une complète liberté de regard dont profitera le créateur – davantage l'artiste que le chercheur, car ce dernier reste toujours concerné par la volonté : sur ce point, Schopenhauer dit déjà ce que développera abondamment Nietzsche dans sa critique incisive du prétendu « désintéressement » des savants [230]. D'autre part, elle accorde une trêve dans la souffrance, un salutaire repos pour l'affectivité qui se met ainsi hors de circuit :

Un seul et libre regard jeté sur la nature suffit [...] pour rafraîchir, égayer et réconforter d'un seul coup celui que tourmentent les passions, les besoins et les soucis ; l'orage des passions, la tyrannie du désir et de la crainte, en un mot toutes les misères du vouloir lui accordent une trêve immédiate et merveilleuse [231].

On sait que Schopenhauer a consacré de nombreuses pages, qui comptent parmi les plus belles de son œuvre, à décrire les merveilles de cette mise entre parenthèses de l'affectivité dans l'expérience esthétique.

■ Rossini. (Bologne, Conservatoire de musique.) « Lorsqu'on a entendu beaucoup de Rossini, tout le reste paraît lourd à côté de lui. » (À Robert von Hornstein.) Le philosophe possède toute l'œuvre de Rossini, transcrite pour la flûte, et qu'il joue tous les jours après le déjeuner.

La contemplation esthétique nous arrache donc à la volonté ; elle nous arrache aussi au présent. Par un curieux paradoxe, la contemplation, qui nous fait vivre quelques « instants » dans l'intemporel, nous réconcilie même avec notre propre passé. Non pas le passé du regret, qui est connecté avec la volonté et avec le présent, mais un passé pur, qui se présente comme un spectacle esthétique analogue à celui d'un tableau ou d'une statue. Une œuvre d'art n'a-t-elle pas de mystérieuses correspondances avec le passé ? Elle nous enseigne que nous vivons une histoire ancienne : que la vie et la volonté qui sont les nôtres, en ce moment du temps, étaient prévues depuis longtemps dans le programme de la volonté.

> C'est cette béatitude de la contemplation affranchie de volonté qui répand sur tout ce qui est passé ou lointain un charme si prestigieux et qui nous présente ces objets dans une lumière si avantageuse [232].

■ Flûtes de Schopenhauer.

Effet de lointain qui pourrait, remarquons-le, aussi bien s'entendre d'un lointain futur que d'un lointain passé : les extrémités se rejoignent, cette « histoire ancienne » que je vis dans le présent sera encore vraie des temps à venir, et à l'infini. L'important, c'est que ce regard porté sur la volonté par la contemplation n'est pas un regard au présent. Le temps du présent, c'est le temps de la douleur et de l'ennui ; le temps de l'art, de la contemplation pure, c'est le temps passé ou futur, n'importe quel temps pourvu qu'il ne soit pas présent (ou relié au présent, comme le passé du regret ou le futur du désir). Les stoïciens, on le sait, étaient d'un tout autre avis : seul existe le présent, et la sagesse philosophique consiste dans une adéquation au présent ; le passé et le futur sont les temps de la passion. Schopenhauer a une conception inverse : c'est le présent qui est le temps de la passion ; seuls le passé et l'avenir sont les temps de la sagesse, du repos et de l'art. Cela, dans la mesure où seuls ils peuvent être les temps du spectacle ; le présent, lui, est impropre à se regarder.

Regard sur la volonté, l'art est du même coup regard sur l'ennui et sur ce qui en est le principal thème obsédant : la répétition. Ce que peint l'art, c'est la vie en tant qu'elle se répète sans cesse. Il ne montre pas instants ou événements isolés, mais fixe en un instant unique la vérité de toute une série se répétant le long du temps. Ce n'est pas un sentiment particulier que devra exprimer le poète, mais un sentiment qui a existé et qui existera de tout temps – quoique sous une forme chaque fois imperceptiblement différente.

> S'il se rencontre un vrai poète, il exprime dans son œuvre la nature intime de l'humanité entière. Tout ce que des millions d'êtres passés, présents et à venir ont ressenti ou ressentiront dans les mêmes situations qui reviennent sans cesse, il le ressent et l'exprime vivement. Ces situations, par leur retour éternel, durent autant que l'humanité elle-même et éveillent toujours les mêmes sentiments [233].

Merveilleux paradoxe de l'expérience esthétique : la répétition vécue ennuyait, voici que le regard aigu – celui de l'art – porté sur la répétition n'ennuie plus. On se lasse vite de la rengaine des sentiments, et on ne se lasse jamais d'assister au spectacle de cette rengaine même, à leur représentation esthétique. Ce que nous disons là de la répétition pourra être dit de toute chose et de la vie en général : la vie vécue ennuie, la vie contemplée intéresse. Le spectacle de la douleur et de l'ennui ôte à ceux-ci tout caractère douloureux et ennuyeux : l'art insensibilise. Comme le rire selon Bergson, il provoque une « anesthésie du cœur [234] ». Miracle de l'illusion théâtrale, qui trouve dans le Rousseau de la *Lettre à d'Alembert* un censeur indigné, mais qui, bien avant Rousseau et Schopenhauer, avait trouvé un théoricien de génie : Aristote.

On a jusqu'à présent insuffisamment souligné la parenté entre l'esthétique de Schopenhauer et celle d'Aristote. Les vues de Schopenhauer sur l'art sont finalement assez proches de celles d'Aristote, telles qu'elles sont exposées dans la *Poétique*. L'art, pour Aristote comme pour Schopenhauer, est avant tout une « représentation » : c'est-à-dire un spectacle qui met la vie en scène, qui la mime, qui prend de la distance, du « jeu » par rapport au réel. L'acteur de la vie devient le spectateur d'une représentation de la vie. L'effet esthétique est essentiellement un effet de doublage et se traduit par l'obtention d'un « duplicata » qui permet d'observer à loisir l'original, sans plus en souffrir ou en pâtir d'aucune manière. C'est là, on le sait, toute la théorie aristotélicienne de l'imitation, de la *mimésis*. Celle-ci ne consiste pas, comme on l'a dit trop souvent, en une copie servile du réel. L'imitation, c'est avant tout un écart par rapport au réel nécessaire à sa mise en scène : elle copiera donc le réel avec autant de liberté que le jeu enfantin qui, par exemple, transforme la chaise du salon en cheval de bataille. Le propre de l'imitation, c'est de faire voir en cessant de faire vivre : si le spectateur « participe » au spectacle – si donc le spectacle est réussi –, il ne participe plus à la vie. C'est en ce sens que les arts « imitent », c'est-à-dire prennent du réel pour le mettre à distance. L'imitation, c'est finalement la condition première de la contemplation. De même que, chez Schopenhauer, tout art est nécessairement contemplateur, de même chez Aristote tout art est nécessairement imitateur. Tous les arts imitent, nous dit Aristote ; même la musique imite, car les danseurs « imitent les caractères, les sentiments et les actions » : Μιμοῦνται χαὶ ἤθη χαὶ πάθη χαὶ πρᾶξις [235]. Tout art grec n'est-il pas, d'ailleurs, issu de cet art originel qu'est le mime ? Le rhapsode homérique, le chœur funèbre, le chœur tragique, le danseur, enfin l'acteur furent d'abord des « mimants », des imitants. De là cette idée, qu'on trouve chez Aristote avant de la trouver chez Schopenhauer, d'un rapport essentiel entre l'art adulte et le jeu enfantin : tous les deux aiment l'imitation, prennent plaisir à imiter, ont une secrète préférence pour ce qui est « joué » par rapport à ce qui est vécu. « L'imitation est naturelle aux hommes depuis leur enfance », dit Aris-

■ Page de manuscrit des *Parerga et Paralipomena*.

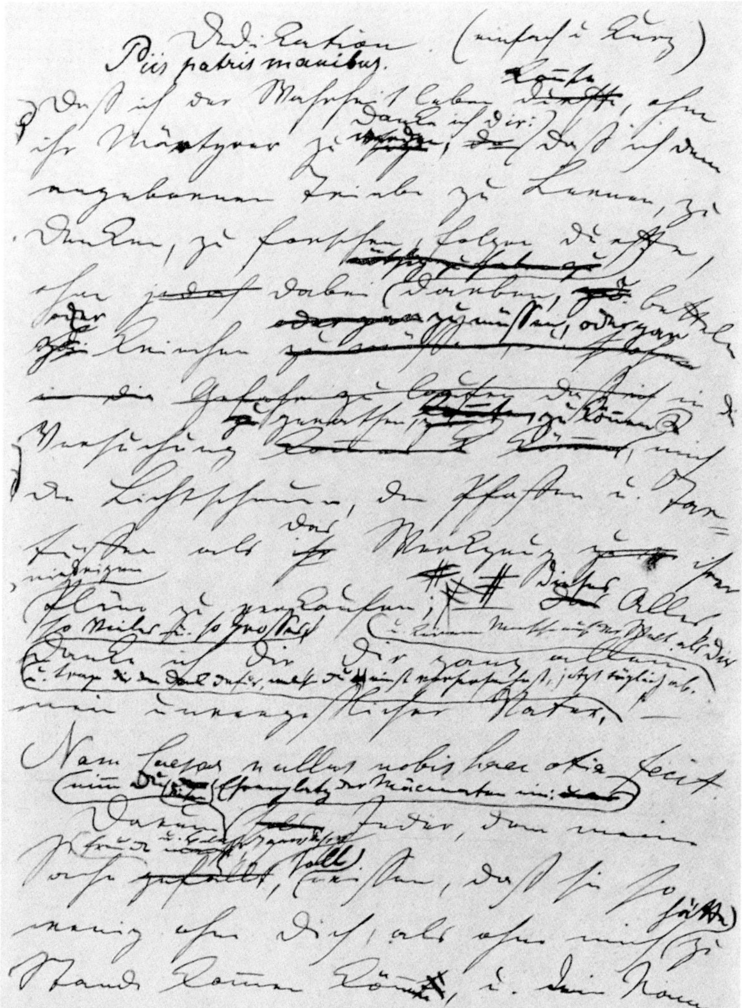
Dedikation (einfach u. kurz)
Piis patris manibus.
Nam Caesar nullus nobis haec otia fecit.

tote : Τό τε γάρ μιμεῖσθαι σύμφυτον τοῖς ἀώποις ἐχ παίδων ἐστί [236]. Schopenhauer, on le sait, a abondamment repris et développé ce thème, en montrant une nécessaire parenté de structure entre les dispositions enfantines et les dispositions géniales [237] : l'enfant et le génie ont en commun un « excès » des fonctions de représentation par rapport aux fonctions de volonté ; à titre provisoire chez l'enfant (dont l'éveil de la sexualité accaparera bientôt les fonctions de représentation), à titre périodique chez le génie (pendant les phases de créativité). Enfin, il faut remarquer que la nature du spectacle esthétique est bien la même chez Schopenhauer et dans la *Poétique* d'Aristote : il s'agit toujours de montrer une vérité générale, c'est-à-dire un grand fait de la volonté qui se répète indéfiniment au long du temps. Saisie du Même qui se répète par-delà les apparences de la diversité, de la répétition sous-jacente à toute « histoire ». L'histoire opère sur le particulier, la poésie, et l'art tout entier sur le général ; le général, c'est-à-dire, comme le dit Aristote en des termes exactement schopenhaueriens, le principe selon lequel « telle ou telle sorte d'homme dira ou fera telles ou telles choses vraisemblablement ou nécessairement [238] ». L'art nous livre en somme tout d'un coup un certain contenu qui, dans la vie vécue, se morcelle selon un ordre successif et, s'y répétant sans cesse, provoque l'ennui. Mais, en échappant au temps et à la répétition temporelle, la vision du Même perd son caractère de rengaine : l'ennui contemplé n'est plus ennuyeux comme l'ennui vécu. Cette métamorphose de l'ennui est encore plus sensible dans la morale schopenhauerienne.

La morale de dégagement

La morale, telle que la conçoit Schopenhauer, a un caractère très particulier : elle est non pas immanente, mais transcendante. Autrement dit, elle ne consiste pas dans l'ensemble des actions réellement menées pendant la vie, mais plutôt dans l'ensemble des sentiments éprouvés à l'égard de la vie. Plus précisément, elle ne consiste pas en une certaine manière morale de se conduire dans le monde, mais plutôt dans une manière de le quitter. La morale schopenhauerienne, en quelque sorte, n'est pas de ce monde : accéder à la morale c'est, selon Schopenhauer, abandonner le monde, résigner la volonté, ne plus rien vouloir de moral ou d'immoral. Le monde, lui, et l'ensemble des volontés qui s'y manifestent ne seront jamais moraux. De cette condamnation, morale précisément, du monde, de ce refus de considérer qu'y puisse jamais y être pratiquée une morale réelle, témoignent de nombreux passages de l'œuvre de Schopenhauer, comme celui-ci :

> L'opinion généralement admise, surtout par les protestants, que le but de la vie réside uniquement et immédiatement dans les vertus morales, c'est-à-dire dans la pratique de la justice et de la charité, trahit déjà son insuffisance par la misérable petite quantité de pure et vraie vertu qu'on trouve parmi les hommes. [...] Bas égoïsme, avidité sans borne, friponnerie bien déguisée, et avec cela envie venimeuse et joie diabolique au malheur d'autrui, tous ces traits ne dominaient-ils pas si généralement que la moindre exception à la règle était accueillie par des transports d'admiration ? [...] Et c'est dans ces traces si faibles et si rares de moralité qu'on voudrait placer tout le but de l'existence ! La place-t-on au contraire dans la conversion totale de notre être (qui produit les mauvais fruits indiqués ci-dessus) amenée par la souffrance, tout prend un autre aspect et se trouve en harmonie avec l'état réel des choses. La vie se présente alors comme une opération purificatrice [239].

La morale est donc une opération « purificatrice » : elle ne consiste pas à participer aux peines et aux besoins du monde, comme nous l'enseigne la morale classique, mais, au contraire, à cesser toute participation. Morale de « dégagement », opposée à toutes les morales de l'engagement et de l'action. Au premier plan de cette morale figure à juste titre le sentiment de la pitié. Celle-ci, pour Schopenhauer, n'est nullement un instinct qui nous porte à venir en aide à autrui, à « faire le bien » : de tels actes seraient de purs « épiphénomènes » de la pitié, des « retombées », si l'on peut dire, du sentiment pitoyable. La pitié elle-même est avant tout une connaissance : la vision intellectuelle de l'identité de tous les êtres au sein d'une même volonté. « Ce que je suis, tu l'es aussi : sujet chacun de la volonté. » L'arbre et le minéral sont d'ailleurs, eux aussi, des sujets de la volonté et, à ce titre, ils peuvent eux aussi susciter la pitié toutefois pas autant que les autres hommes, qui ont en commun avec moi de servir la volonté selon un mode exactement semblable au mien, celui de la volonté humaine : aussi sont-ils plus pitoyables parce que plus ressemblants. Autrement dit la pitié est, tout comme l'expérience esthétique, un spectacle : un regard sur l'autre en tant qu'il n'est pas fondamentalement autre, en tant qu'il est moi. Dans cette perspective de la pitié, l'autre cesse d'être pour moi une occasion de souffrance ou d'ennui ; il devient une pure occasion de spectacle et de connaissance.

> Qu'est-ce donc qui peut nous inspirer de faire de bonnes actions, des actes de douceur ? *la connaissance de la souffrance d'autrui* ; nous la devinons d'après les nôtres, et nous l'égalons à celles-ci [240].

Connaissance de la souffrance d'autrui, c'est-à-dire connaissance intuitive de ses désirs et de son ennui. De manière générale, nous pouvons décrire cette connaissance comme une anticipation de la répétition, une sorte de connaissance préalable de l'ennui. Nous savons déjà, par la pitié, et avant même que l'autre l'éprouve, ce qu'il va éprouver : désirs, souffrances et ennui. La répétition n'est plus subie, mais connue à l'avance : nous « devinons » la souffrance d'autrui, disait Schopenhauer dans le passage cité plus haut. Comme l'ascétisme sera « la mortification *préméditée* de la volonté propre [241] », la pitié peut être dite la vision anticipée de l'autre. Conséquence pour notre sujet : l'ennui est ici connu avant d'être vécu, et se modifie par là. L'ennui auquel on s'at-

Die

beiden Grundprobleme

der

Ethik,

behandelt

in zwei akademischen Preisschriften

von

Dr. Arthur Schopenhauer,

Mitglied der Königl. Norwegischen Societät der Wissenschaften.

I. Ueber die Freiheit des menschlichen Willens, gekrönt von der
Königl. Norwegischen Societät der Wissenschaften zu Drontheim, am
26. Januar 1839.

II. Ueber das Fundament der Moral, nicht gekrönt von der K. Dänischen
Societät der Wissenschaften zu Kopenhagen, den 30. Januar 1840.

Frankfurt am Main,

Joh. Christ. Hermann'sche Buchhandlung.

F. E. Suchsland.

1841.

■ *Les Deux Problèmes
fondamentaux
de l'éthique. (Essai
sur le libre arbitre
et le fondement
de la morale.)*

tend n'est plus, en effet, exactement l'ennui, qui veut
toujours, pour être véritablement « ennuyeux », un effet
de surprise ; nous allons revenir sur ce point.

La morale du dégagement trouve chez Schopenhauer
son expression culminante avec, on le sait, l'ascétisme,
le nirvana, la négation pure et simple de toute volonté [242]. Cette étape ultime diffère quantitativement,
peut-on dire, des deux précédentes : elle signifie un

repos, un terme de la souffrance, plus assurés que dans le cas de l'expérience esthétique et dans celui de la pitié ; plus assurés parce que plus définitifs. L'ascétisme repose en effet, selon Schopenhauer, sur une connaissance non plus provisoire, mais définitive de la vanité de la volonté. L'artiste, ou l'homme de la pitié, sont à l'ascèse ce que l'enfant est à l'artiste : ils ne possèdent qu'une vue lacunaire, et éphémère, de la vérité. L'ascète, lui, accomplit la conversion définitive :

> Il n'y a plus ni volonté, ni représentation, ni univers. […] Nous apercevons cette paix plus précieuse que tous les biens de la raison, cet océan de quiétude, ce repos profond de l'âme, cette sérénité et cette assurance inébranlables, dont Raphaël et le Corrège ne nous ont montré dans leurs figures que le reflet [243].

■ *Le Grand Bouddha*, par Thérond, vers 1860. (Coll. part.) « Celui qui a vu le caractère illusoire du principe d'individuation, nulle souffrance ne lui est étrangère. » *Le Monde comme volonté et comme représentation.*

Conversion définitive qui est un remède final à l'ennui : plus de volonté donc plus d'ennui, plus de monde morose puisqu'il n'y a plus de monde. Toutefois, cette conclusion semble, à première vue, un peu paradoxale : comment assurer que l'ascète, dans ce monde mort qui est le sien, en cette extase figée qui est désormais la sienne et pour toujours, comment donc assurer que l'ascète n'éprouvera pas comme monotone cette vision indéfiniment uniforme ? Suffit-il donc de ne plus vouloir du tout pour ne plus s'ennuyer ? L'ennui n'était-il pas, au contraire, le lot de celui qui est en manque de désir, en défaillance de vouloir ? Oui, mais cette défaillance du vouloir qui fait l'ennui n'est pas du tout l'absence du vouloir, et nous avons déjà montré en quoi. Ce qu'il faut ajouter ici, c'est que l'ennui ne surgit que devant la répétition, c'est-à-dire devant le Même en tant qu'il s'étale dans le temps, qu'il se « ventile », comme nous écrivions plus haut : ce qui n'est plus le cas du Même tel que le comprend l'ascétisme. Le Même de l'ascète, c'est un Même figé, à l'arrêt, hors du temps, qui ne ménage plus aucune possibilité de surprise ; or, la surprise est indispen-

sable à la saisie de l'ennui en tant que tel. Paradoxalement, l'ennui est en effet toujours une surprise devant le
Même : devant un Même qui arrive alors que c'est l'Autre
qu'on attendait. L'ennui, c'est le Même mais à chaque
fois indéfiniment morcelé dans le temps. Temps que l'ascétisme en vient à figer, à arrêter : il a en vue le Même en
soi, à l'arrêt, sans ventilation temporelle. Cesse alors la
surprise devant le retour du Même : le Même est là pour
toujours, il ne provoquera plus jamais l'« ennui » d'un
retour. L'ascèse, c'est la répétition figée : aussi ne
ménage-t-elle plus la possibilité de ces retours du Même
qui sont le secret de l'ennui. Le Même ne reviendra
jamais plus, le temps de l'ennui est aboli. On connaît le
vers de Schiller, cité par Schopenhauer :

> Ce qui n'est jamais et nulle part arrivé, cela seul ne
> vieillit pas [244].

La même formule peut être appliquée à l'ennui : un
ennui qui ne « survient » plus, qui n'« arrive » jamais, ce
n'est plus l'ennui. Cessant d'appartenir au temps, l'ennui ne revient plus : il ne « vieillit » plus. À l'inquiétude
devant le Même qui revient se substitue le calme devant
le Même qui permane : à l'ennui devant le Même, l'indifférence au sein du Même.

Conclusion

Le plus remarquable de l'ennui selon Schopenhauer
nous apparaît finalement dans cette distinction entre
l'indifférence et l'ennui. On a vu que l'ennui était fonction de la volonté : il ne cesse donc jamais d'être souffrance, d'être passion. Nous découvrons ainsi que l'ennui, qu'on croyait très proche de l'indifférence, en est,
en réalité, aux antipodes. L'ennuyé est inquiet : il voudrait sortir de cette monotonie, il aspire à connaître de
nouveaux désirs. L'indifférent est calme et ne souffre
pas : il a reconnu la monotone vérité de la volonté et
sait que tout désir de varier quelque peu cette monotonie est folie. Ennui et indifférence apparaissent ainsi
comme deux pôles opposés : l'un signifie la volonté

déçue, l'autre l'aboutissement de la sagesse lorsque celle-ci parvient à s'émanciper de la volonté. C'est cette notion d'émancipation qui est finalement le critère essentiel. L'ennui est, pourrait-on dire, une indifférence non émancipée, qui continue de payer tribut à la volonté en appelant de ses vœux de nouvelles aventures et de nouvelles déceptions. L'indifférence est, elle, un ennui émancipé, qui n'attend plus rien de la volonté – pas même d'échapper à l'ennui. On pourrait dire que l'ennui est enfantin, l'indifférence adulte : l'ennui, c'est l'indifférence de l'enfant, qui pleure et voudrait que cela cesse. Aussi toute l'entreprise de Schopenhauer est-elle de passer de l'un à l'autre. La philosophie n'est pas une échappatoire à l'ennui, mais une métamorphose de l'ennui : c'est-à-dire la conquête de l'indifférence, d'une sagesse qui réussira, en somme, à se « désintéresser » de l'ennui. L'itinéraire philosophique de Schopenhauer apparaît ainsi, considéré dans son ensemble, comme un long chemin qui va du désir au repos et de l'ennui à l'indifférence.

■ Autoportrait, 1855.

ANNEXES

Notes

Abréviations utilisées

Arthur Schopenhauer Reisetagebücher aus den Jahren 1803-1804, herausgegeben von Charlotte von Gwinner, Leipzig, Brockhaus, 1923 = JVAS.

Reise durch aus südliche Frankreich, von Johanna Schopenhauer, Rudolstadt, Hof Buch und Kunsthandlung, 1817 = JVJS.

Bossert, *Schopenhauer,* Paris, Hachette, 1904 = BS.

Bossert, *Schopenhauer et ses disciples,* d'après ses conversations et sa correspondance, Paris, Hachette, 1920 = BSD.

Schopenhauer, *Le Monde comme volonté et comme représentation,* Paris, PUF = *Monde.*

Gwinner, *Schopenhauers Leben,* Leipzig, Brockhaus, 1878 = GWS.

Schopenhauer, *Essai sur les apparitions,* trad. A. Dietrich, 1912 = *Apparitions.*

Schopenhauer, *Der handschriftliche Nachlass; erster Band: frühe Manuskripte (1804-1818),* herausgegeben von A. Hübscher = NH.

Schopenhauer, *Sämmtliche Werke (Nachlass),* herausgegeben von Grisebach, Leipzig, 1892 = NG.

Schopenhauer, *Éthique, Droit et Politique,* trad. A. Dietrich, Alcan, 1909 = *Éthique.*

Burdeau, *Schopenhauer, pensées et fragments,* Alcan, 1888 = BPS.

1. GWS p. 4
2. GWS p. 3
3. GWS p. 6
4. Eugen Skasa Weiss, *Mütter Schicksal grosser Söhne,* Gerhard Stalling Verlag, p. 199
5. JVAS p. 10
6. JVAS p. 19
7. JVAS p. 12
8. JVAS p. 12
9. *Apparitions,* p. 185
10. BSD p. 19
11. JVAS p. 22

12. JVAS p. 22
13. JVAS p. 39
14. JVAS p. 45
15. JVAS p. 43-44
16. JVAS p. 52
17. JVAS p. 67-68
18. JVAS p. 67-68
19. JVJS p. 163
20. JVJS p. 163
21. JVJS p. 163
22. JVAS p. 97
23. JVAS p. 81

24. JVAS p. 107
25. JVAS p. 105
26. *Monde,* p. 395
27. JVAS p. 115
28. JVAS p. 116
29. JVAS p. 116
30. JVAS p. 117
31. JVAS p. 122
32. JVAS p. 124
33. JVAS p. 124
34. JVAS p. 124
35. JVAS p. 125
36. JVAS p. 396
37. JVAS p. 133
38. JVAS p. 147
39. JVAS p. 150
40. JVAS p. 154
41. JVAS p. 155-156
42. *Monde,* p. 396
43. *Monde,* p. 294
44. JVJS p. 289-290
45. JVJS p. 293
46. JVJS p. 257-258
47. JVAS p. 159
48. JVAS p. 163
49. *Apparitions,* p. 185
50. JVAS p. 170
51. *Monde,* p. 1344
52. JVAS p. 174
53. JVAS p. 176
54. JVAS p. 177
55. JVAS p. 189
56. JVAS p. 189
57. *Monde,* p. 1112
58. *Monde,* p. 1136
59. *Monde,* p. 252
60. JVAS p. 312
61. NG t. VI, p. 252
62. NG t. VI, p. 252

63. NH p. 1
64. GWS p. 35
65. *Schopenhauer Jahrbuch* n° 58, p 189
66. GWS p. 11
67. Eugen Skasa Weiss, *op.* (n. 4), p. 211
68. NH t. I, p. 25, n° 43
69. Eugen Skasa Weiss, *op.* (n. 4), p. 201
70. BPS p. 131 (*Essai sur les femmes*)
71. BPS p. 136 (*ibid.*)
72. BS p. 50
73. BPS p. 132 (*Essai sur les femmes*)
74. *Éthique,* p. 107
75. BPS p. 134 (*Essai sur les femmes*)
76. BPS p. 133 (*ibid.*)
77. Éthique, p. 107
78. Eugen Skasa Weiss, *op. cit.* (n. 4), p. 213
79. Nietzsche, *Humain trop humain,* § 380
80. *Schopenhauer Jahrbuch,* p. 169 (5 nov. 1819)
81. GWS p. 202 (22 mai 1819)
82. BS p. 90
83. Nietzsche, *Généalogie de la morale,* III, 7
84. NH p. 1
85. *Schopenhauer Jahrbuch* n° 58, p. 156 (5 fév. 1819)
86. *Schopenhauer Jahrbuch* n° 58, p. 166 (8 sept. 1819)
87. « Cher Arthur, pourrais-tu m'envoyer quelques thalers, je n'ai plus d'argent. » *Schopenhauer Jahrbuch* n° 55, p. 49
88. *Schopenhauer Jahrbuch* n° 58, p. 191
89. *Neuen Paralipomena,* APH. 401, cité par Hitschmann, p. 127
90. BSD p. 36
91. BSD p. 180
92. Nietzsche, *Généalogie de la morale,* § 6, 3ᵉ dissertation
93. BPS p. 9
94. *Monde,* p. 478-980
95. Nietzsche, *Généalogie de la morale,* III, II

96. *Monde*, p. 1306

97. *Monde*, p. 1319

98. Autobiographie *Aufzeichnungen nach dem vernichteten Manuskript* : « eis heauton », chap. XXV

99. GWS p. 35

100. NH p. 2 (*Frühe Manuskripte 1804-1818*)

101. *Schopenhauer Mensch und Philosoph in seinen Briefen*, Wiesbaden, Brockhaus, p. 15

102. BS p. 19 (28 nov. 1806)

103. 135 p. 20 (21 avr. 1807)

104. NH p. 5 (*Frühe Manuskripte 1804-1818*)

105. NH p. 5 (*ibid.*)

106. Cité par P. Wapler, *Die Geschichtlichen Grundlagen der Weltanschauung*, Schopenhauers Archiv, t. XVIII, 1905, p. 509

107. NG t. VI p. 24

108. Schopenhauer, *La Vie, l'Amour, la Mort*, Librairie E. Dentu, p. 282

109. *Monde*, p. 527

110. NG t. IV p. 191

111. BS p. 33

112. P. Wapler, *op. cit.* (n. 108), p. 509

113. NG t. III, p. 98-122

114. Fauconnet, « Schopenhauer précurseur de Freud », Mercure de France, déc. 1933

115. NH (*Frühe Manuskripte, 1804-1818*), p. 87, § 148

116. Fauconnet, *op. cit.* (n. 114)

117. NG t. VI, p. 259

118. La vie quotidienne du salon de Johanna est relatée par celle-ci dans une lettre du 29 novembre 1806 citée par Duntzer : « Goethes Beziehung zu Johanna Schopenhauer und ihren Kindern », in *Abhandlungen zu Goethes Leben und Werken*, t. I, Leipzig, 1883

119. *Ibid.*

120. Johanna Schopenhauer, *La Tante et la Nièce*, Paris, A. Bertrand, 1842, t. II, p. 152, 153, 155-159

121. BS p. 27 (13 déc. 1807)

122. BS p. 42

123. A. Hubscher, *Schopenhauer*, p. 44

124. BS p. 52 (avr. 1814)

125. GWS

126. BS p. 53

127. *Schopenhauer Mensch und Philosoph in seinen Briefen*, Wiesbaden, Brockhaus, p. 24

128. BS p. 53

129. *Monde*, p. 861-862

130. NG p. 343

131. NG, t. V, p. 916

132. BSD p. 171

133. BS p. 82

134. BS p. 84

135. *Schopenhauer Briefe*, édit. Schemann, p. 130. Les impressions de Schopenhauer à Florence sont extraites d'une lettre rédigée lors de son second séjour en Italie en 1822. Les lettres du premier voyage sont perdues.

136. *Ibid.*, p. 131

137. Grisebach, *Schopenhauer*, p. 131

138. A. Hübscher, *Schopenhauer*, p. 65, Schopenhauer *Mensch und Philosoph in seinen Briefen*, p. 81

139. *Schopenhauer Mensch und Philosoph in seinen Briefen*, p. 81

140. BS p. 107

141. GWS p. 385

142. BS p. 264 (10 mars 1832)

143. *Essai sur le libre arbitre*, p. 87

144. BS p. 290

145. A. Hübscher, *Schopenhauer*, p. 95

146. *Monde*, p. 1041, PUF, 1966

147. BSD p. 207

148. *Apparitions*, p. 120

149. BPS p. 37

150. BPS p. 37

151. BSD p. 206

152. BSD p. 204

153. BSD p. 43-44

154. BSD p. 37

155. BSD p. 49

156. BSD p. 47-89

157. BSD p. 49-50

158. BSD p. 51

159. BSD p. 158

160. Eugen Skasa Weiss, *op. cit.* (n. 4), p. 216

161. BPS p. 42

162. BSD p. 203

163. BSD p. 59

164. BSD p. 223

165. BSD p. 228

166. *Schopenhauer Jahrbuch* n° 30, p. 207 *sq.*

167. A. Hubscher, *Schopenhauer,* p. 104

168. BS p. 311

169. A. Hubscher, *Schopenhauer,* p. 115

170. *L'Ennui,* Paris, Flammarion, p. 9

171. *L'Aventure, l'Ennui, le Sérieux,* p. 104

172. *Monde,* p. 396

173. Cité en n. p. 105 des *Aphorismes sur la sagesse dans la vie,* Cantacuzène et Roos, Paris, PUF, 1964, t. II

174. *Monde,* p. 407-408

175. *Monde,* p. 407-408

176. *Monde,* p. 865

177. *Revue de métaphysique et de morale,* oct. 1938

178. *Monde,* p. 403

179. *Monde,* p. 1337

180. *Monde,* p. 1337

181. *Monde,* p. 396

182. *Aphorismes sur la sagesse dans la vie,* t. II, cité p. 24

183. *Ibid,* p. 394

184. *Monde,* p. 394

185. *Monde,* p. 405

186. *Monde,* livre III, § 36, et *Suppléments* au *Monde,* chap. XXXI

187. *Aphorismes sur la sagesse dans la vie,* t. II, cité p. 24

188. *Ibid.,* p. 72-73, souligné par nous

189. *Ibid.,* t. II, cité p. 17

190. Cf. « La Philosophie universitaire dans les "Parerga et Paralipomena", traduit par A. Dietrich dans *Philosophie et Philosophes,* Alcan, 1907, p. 31-114

191. Trad. E. Sans, Paris, PUF, p. 203

192. *Ibid,* p. 45

193. *Monde,* p. 1353

194. Lettre à Cazalis du 3 juin 1863

195. Cf. notamment *Aphorismes sur la sagesse dans la vie,* t. II, cité p. 45-86

196. *L'Ennui dans la littérature française de Flaubert à Laforgue,* Paris, Colin, 1969, p. 400-420

197. *Suppléments* au livre IV, chap. XLIV

198. Cf. Vl. Jankélévitch : « Par rapport à l'intervalle empirique, il y a un petit courage qui est simplement le courage d'endurer la durée, et qui n'est pas beaucoup plus que patience. » *L'Aventure, l'Ennui, le Sérieux,* p. 69

199. *Monde,* p. 356

200. *Monde,* p. 253

201. *Monde,* p. 1225-1226

202. *Monde,* p. 1184

203. *Pensées,* fragment 425 (édition Brunschvicg)

204. *Système de la nature,* t. I, p. 15

205. *Monde, Suppléments* au livre III, chap. XXXVIII, « De l'histoire »

206. *L'Aventure, l'Ennui, le Sérieux,* p. 129

207. Notamment p. 72-89, t. II, S. Reinach Alcan, 1894

208. *Éthique, Droit et Politique,* t. II, A. Dietrich Alcan, 1894, p. 69

209. *Monde,* p. 1084-1085

210. *Monde,* p. 407

211. *Aphorismes sur la sagesse dans la vie,* t. II, cité p. 173

212. *Monde,* p. 1087

213. *Monde,* p. 516

214. *Monde,* p. 354

215. Cf. *Monde,* p. 1081-1082

216. Trad. citée p. 173

217. *Schopenhauer, philosophe de l'absurde,* Paris, PUF, 1967, p. 101-102

218. Chap. XLI intitulé : « De la mort et de ses rapports avec l'indestructibilité de notre être en soi » (*Monde,* p. 1207-1259)

219. *Monde,* p. 1249

220. *Monde,* p. 1244

221. *Monde,* p. 353

222. *Schopenhauer,* Paris, PUF, coll. « Philosophes », 1968, p. 44

223. *« Das Unheimliche »,* in *Essais de psychanalyse appliquée,* Paris, Gallimard, 1933

224. *Monde,* p. 139

225. *Monde,* p. 1084

226. *Aphorismes sur la sagesse dans la vie,* t. II, cité, p. 24

227. Cf. *Monde,* p. 493

228. *Monde,* p. 499

229. *Monde,* p. 1093

230. Cf. *Par-delà le bien et le mal,* chap. VI

231. *Monde,* p. 254

232. *Monde,* p. 255

233. *Monde,* p. 319

234. *Le Rire,* Paris, PUF, p. 4.

235. *Poétique,* chap. III

236. *Ibid.*

237. *Monde,* p. 1124-1127

238. *Poétique,* chap. IX

239. *Monde,* p. 1412-1413

240. *Monde,* p. 473

241. *Monde,* p. 1332 *(préméditée* souligné par nous)

242. Cf. *Monde,* livre IV, p. 68 à 71 et chap. XLVII des *Suppléments* au livre IV : « Théorie de la négation du vouloir vivre »

243. *Monde,* p. 515

244. *Monde,* p. 316

Ueber den

Willen in der Natur.

Eine

Erörterung der Bestätigungen,

welche

die Philosophie des Verfassers, seit ihrem Auftreten,

durch die

empirischen Wissenschaften

erhalten hat,

von

Arthur Schopenhauer.

Τοιαῦτ' ἐμοῦ λόγοισιν ἐξηγουμένου,
Οὐκ ἠξίωσαν οὐδὲ προςβλέψαι τὸ πᾶν·
'Αλλ' ἐκδιδάσκει πάνθ' ὁ γηράσκων χρόνος.
Aesch.

Frankfurt am Main,
Verlag von Siegmund Schmerber.
1836.

■ *De la volonté de la nature, 1836. Page de titre.*

Bibliographie

Publications du vivant de Schopenhauer

1813 : *De la quadruple racine du principe de raison suffisante*

1816 : *De la vision et des couleurs*

1819 : *Le Monde comme volonté et comme représentation*

1836 : *De la volonté dans la nature*

1841 : *Les Deux Problèmes fondamentaux de l'éthique. (Essai sur le libre arbitre et le fondement de la morale)*

1844 : *Le Monde comme volonté et comme représentation*, 2e édition comprenant les *Suppléments*

1851 : *Parerga et Paralipomena*

Éditions globales

Parmi les éditions des œuvres complètes de Schopenhauer, on notera :

– une édition publiée par Julius Frauenstadt, Leipzig, 1873-1874 ;

– l'édition publiée par Griesebach en 1892 ;

– l'édition intégrale publiée par A. Hubscher en 1968 comprenant les inédits (Waldemar Kramer, Francfort-sur-le-Main) ;

– une édition format livre de poche en 1978 (10 vol., Detebe, 140/1-X).

Le *Journal* du philosophe n'a eu qu'une édition en 1923 (*A. Schopenhauers Reisetagebücher aus den Jahren 1803-1804,* herausgegeben von C. von Gwinner, Leipzig, Brockhaus).

Une partie de la correspondance a été publiée par Brockhaus (Wiesbaden, 1960).

La correspondance complète, établie par A. Hubscher, est parue chez Bouvier (Bonn, 1979).

Principales traductions françaises

Le Monde comme volonté et comme représentation a été traduit en 1886 par J. A. Cantacuzène, puis par Burdeau en 1888. La dernière traduction est de R. Roos (PUF, 1966).

De la quadruple racine du principe de raison suffisante a été traduit par Cantacuzène en 1882, puis par Gibelin (Vrin). Réédité en 1991 par Vrin, traduit et annoté par F. X. Chenet, introduit et commenté par F. X. Chenet et M. Piclin.

L'Essai sur le libre arbitre a été traduit par Salomon Reinach en 1894 (Alcan) ; réédité chez Rivages dans une édition revue et corrigée par D. Raymond (1992).

Le Fondement de la morale a été traduit par Burdeau en 1879 (Germer Baillière), puis par Bastian (Flammarion), réédité dans le Livre de poche 1991, traduction d'Auguste Burdeau, introduction et notes d'Alain Roger.

Le Journal de voyage, traduit et préfacé par Didier Raymond, Mercure de France, 1988.

Journal de Bordeaux de Schopenhauer, préface, notes et traduction d'Alain Ruiz, éditions de la Presqu'île, 1993.

Sur la vue et les couleurs, traduction, introduction et notes de Maurice Elie, Vrin, 1986.

Les *Parerga et Paralipomena : Les Aphorismes sur la sagesse dans la vie,* traduits par Cantacuzène en 1880, ont été réédités dans une édition revue et corrigée par R. Roos (PUF, 1964).

Extrait des « Parerga et Paralipomena »

Le Sens du destin, introduction, traduction et notes de Marie Josée Pernin, Vrin, 1988.

Essai sur les femmes, traduction de Bourdeau revue par Didier Raymond avec introduction et notes, Actes Sud, 1987.

Essai sur les fantômes, traduction de G. Platon, introduction et notes de Didier Raymond, Critérion, 1992.

Contre la philosophie universitaire, préface de Miguel Abensour et Pierre-Jean Labarrière, Rivages, 1993.

Les autres textes des *Parerga et Paralipomena* ont été traduits par Dietrich et publiés par Alcan entre 1905 et 1912 (8 volumes : *Écrivains et Style, Sur la religion, Philosophie et Philosophes, Éthique, Droit et Politique, Métaphysique et Esthétique, Philosophie et Science de la nature, Fragments sur l'histoire de la philosophie, Essai sur les apparitions et opuscules divers). De la volonté dans la nature* (PUF, 1969).

Sur Schopenhauer

EN FRANÇAIS :

Baillot, *Influence de la philosophie de Schopenhauer en France,* Vrin, 1927.

Bossert, *Schopenhauer, Hachette,* 1904.

Brehier, « L'unique pensée de Schopenhauer », *Revue de métaphysique et de morale,* octobre 1938.

Fauconnet, *L'Esthétique de Schopenhauer,* Alcan, 1913. « Schopenhauer précurseur de Freud », Mercure de France, décembre 1933.

Piclin, *Schopenhauer ou le Tragédien de la volonté,* Seghers, 1974.

Ribot, *La Philosophie de Schopenhauer,* Alcan, 1888.

Rosset, *Schopenhauer, philosophe de l'absurde,* PUF, 1967. *Schopenhauer,* PUF, coll. « Philosophes », 1968. *L'Esthétique de Schopenhauer,* PUF, 1969.

Ruyssen, *Schopenhauer,* Alcan, 1911.

Schopenhauer et les Années folles de la philosophie, R. Safranski, PUF, 1990.

Philonenko, *Schopenhauer,* Vrin, 1980.

EN ALLEMAND :

W. Gwinner, *Arthur Schopenhauer aus persönlichen Umgang dargestellt,* Leipzig, 1862. *Schopenhauer und seine Freunde,* Leipzig, 1863.

A. Hubscher, *Denker unserer Zeit,* Munich, 1958-1961, 2 vol. *Schopenhauer, Biographie eines Weltbildes,* Stuttgart, Reclam, 1967, 2 vol.

EN ANGLAIS :

P. Gardiner, *Schopenhauer,* Londres, Penguin Books, coll. « Pelican Original », 1963.

Sur Schopenhauer et la littérature

Schopenhauer et la Création littéraire en Europe, sous la direction d'Anne Henry, Klincksieck, 1989.

Schopenhauer en France, René Pierre Colin, PUF de Lyon, 1979.

Ouvrages collectifs sur Schopenhauer

Présences de Schopenhauer, dirigé par Roger Pol Droit, Grasset, 1989.

Schopenhauer ou le Pessimisme de la force, éditions du Rocher, 1988.

Divers

Douleurs du monde, traduction de J. Bourdeau, notes et introduction de Didier Raymond, Rivages, 1991.

Insultes, choix de textes, présentation et notes de Didier Raymond, éditions du Rocher, 1991.

La Métaphysique de l'amour et de la mort, préface de M. Guéroult, 10/18, 1964, réédité en 1980.

Pensées et Fragments de Schopenhauer, par P. Trottignon, Slatkine, 1979.

Le Vouloir vivre, l'Art et la Sagesse, choix de textes par A. Droz, PUF, 1983.

Entretiens d'Arthur Schopenhauer, préface de Didier Raymond, Critérion, 1992.

■ *Ex-libris* de Schopenhauer.

TABLE

Illustrations
Archives Seuil : 165. – Bibliothèque nationale de France, Paris : 31, 71h, 132, 139, 150. – Bibliothèque de l'université de Göttingen : 60h. – J.-L. Charmet : 58, 59, 88, 91, 160. – City Museum and Art Gallery, Birmingham : 120. – Collection A.V.B., Paris : 35. – G. Dagli-Orti : 6, 24-25, 28-29, 65, 75, 90, 104-105, 110-111, 130, 166, 167. – Edimedia : 19, 20, 41, 46-47, 109, 154-155. – Edimedia-AKG, Berlin : 38-39, 43, 53, 63, 68b, 73, 82, 92, 94bd, 143, 145, 163. – Fondation Oskar-Reinhart, Winterthur : 123. – Giraudon : 61, 135. – Giraudon/Bridgeman : 14-15. Historische Museum, Francfort-sur-le-Main : 83, 87. – M. Langrognet : 21, 55, 68h, 74, 80, 93bd, 98-99, 113, 125, 146, 168, 171, 175, 178, 184, 188. – Magnum/Erich Lessing : 12-13. – Offentliche Kunstsammlung, Bâle : 136-137. – Roger-Viollet : 115, 176. – Staatsbibliothek preussischer Kulturbesitz, Berlin : 78. – Staatliche Kunstsammlungen, Kassel : 9. – Schopenhauer Archiv, Stadt und Universitätsbibliothek, Francfort-sur-le-Main : 16, 17, 18, 23, 47, 57, 64, 67, 71b, 81, 93h bg, 94h bg, 95, 97, 101. – The Detroit Institute of Arts : 102-103. – Ursula Edelmann, Francfort-sur-le-Main : 76-77.

Maquette et réalisation PAO Éditions du Seuil
Photogravure : Charente Photogravure, Angoulême
Iconographie : Claire Balladur

Achevé d'imprimer par Aubin Imprimeurs, Ligugé
D. L. février 1995. N° 23492 (P 48187)